회사에서 글을 씁니다

大是文化

寫作，最強的商業武器

集團經營者御用寫手親自示範，
寫出能讓你升職、加薪、被挖角，
不被退件、一次過關的商用文章。

現任韓國電力公社老闆御用寫手
「上班族的寫作」超夯線上講師
鄭泰日——著

郭佳樺——譯

CONTENTS

第六章 想在公司混得好，就要學寫作

推薦序一

會寫作，不只能拿高分，還能寫活人生

爆文寫作教練／歐陽立中

讀著這本書時，我一邊點頭如搗蒜，一邊回想起自己寫作歷程的開始。五年前，那時我是高中老師，擁有著人人稱羨的鐵飯碗，但他們不知道的是，穩定的生活背後意味著一成不變。

教著同樣的課、趕往同樣的教室、過同樣的校園生活，你很容易從最初的豪情萬丈，變成將就隨順。當然，把課教得好，會有成就感；但課沒教好，薪水也照領。

久而久之，有些老師上課開始只唸課本，眼睛只看黑板、天花板、地板，被稱為「三板老師」。的確，這樣可以輕鬆工作賺錢，但這真的是我們要的人生嗎？

為了不讓工作一成不變，我開始每天寫作，在臉書上寫教學靈感、閱讀心得及寫作方法。

因為家裡離學校有將近一小時的車程，所以我會用通勤的時間寫作，每當捷運發出「嘟嘟嘟——」的聲響，我就把它當成起跑的鳴槍，開始寫作。捷運飛快奔馳，我的手也飛快的敲打著鍵盤，捷運一到站，我就按下「發出文章」。這是我的上班日常，也是我的寫作日常。

不會寫作，對你而言代表著什麼？我特別喜歡本書作者鄭泰日這麼說：「越受不了上班生活的人，越要學會寫作。」

往好處想，寫作等於在增加你的升遷機率，有好的寫作力，日後寫企劃、電子郵件、報告都用得到；另外，若你哪天寫出名堂，成為暢銷作家、評論專家、網路紅人，搞不好就不用再看老闆的臉色，成為自由工作者。

當然，我知道此刻想到寫作，很多人還是不禁瑟瑟發抖，因為想起過往學生時期寫的作文，不是被老師批「文句粗淺」，就是「文不對題」。但請你放下過去，給自己重新開始的機會，因為在社群寫作，你的讀者不再是老師，而是可愛的大眾。

這也正是我推薦你非讀這本書不可的原因，**本書作者要教你的，不是如何拿高分，而是如何寫活自己**。

我認為他最厲害的地方，在於他的「類比巧勁」，你不會讀到一堆寫作的專業術語，反而會看到很多讓你眼睛為之一亮的情境。像是他用韓國強投朴贊浩「超搞威」（按：閩南語，愛講話的意思）的習慣，反過來告訴你寫作要簡單、簡短、精準；再用知名美劇《陰屍路》（*The Walking Dead*）拍了十一季的長壽祕訣，告訴你寫作關鍵在於「典型性」加上「意外性」。

當然，如果你沒有想紅的念頭，只想用寫作把工作做好，也沒問題！這本書也教你各種職場寫作方法，像是寫履歷、發電郵、慶賀文、致歉文等。巧妙的類比連結，搭上具體的寫作技巧，這本書注定將成為你的職場寫作聖經。

你說，寫作真的能改變人生嗎？再回去談談我的故事吧！後來，我寫著寫著，文章在網路爆紅，出版社邀我出書、各地邀我演講、在線上開設爆文寫作，更熱賣超過三千套。

寫作，讓我發現自己能影響更多人，而不僅止於教室，於是，我做出人生最大膽的決定——辭去教職，成為全職作家。

別學我辭職，但請你趕快跟著本書學寫作，讓寫作成為你最強的武器。人生此後，你說了算！

推薦序二

二十多年寫手經驗，始於「模仿」兩字

文華智樂製作人／鄧文華

機緣巧合，幫司令官、集團總裁、執行長、理事長、專業達人等寫講稿、寫推薦文、寫書、潤飾稿件，轉眼已經超過二十年，有些拉拉雜雜的經驗，沒想到韓國早有人整理好了。

本書作者鄭泰日，很有條理的彙整各類應用文體，還談了怎麼練習手感、如何藉著寫作規畫生涯，內容相當齊全。

本書以積木般編排，各章彼此獨立，方便讀者自由選擇想讀的區塊。習慣從頭開始閱讀的朋友，可從第一章開始；然而，我私心推薦先讀第五、六章，掌握十一款應用文寫作要訣，再回到一到四章培養實力，最後，再用第七章檢視未來走向。如此，見樹又見林。

關於職場寫作，依個人經驗，常見以下三種迷思：

1. 認為要有文采才寫得好。

職場寫作不同於文學創作，結構的重要性遠超過文采，而且人人可練。以業界必知、本書後面會提到的六何法（按：又稱5W1H法，即何人〔Who〕、何事〔What〕、何時〔When〕、何地〔Where〕、為何〔Why〕及如何〔How〕）來說，換成我自己的口訣，就是：「誰、在什麼場合、有多少時間或多大版面、對誰、講什麼、以達到什麼效果。」抓住這個觀念，從個人履歷到為人代筆皆通用。

2. 重發表，輕效果。

有些人，有很多感想、很多理念，講半天卻不曉得怎麼收下來。對於這點，我的心得是用「回推法」：目的↓結構↓設計。舉例來說，喜劇演員的目的是要讓觀眾發笑，然後再藉此回推劇本主題、各段怎麼銜接、怎麼鋪哏。

3. 應酬場合講應酬話就好。

尾牙時說一句「謝謝大家」，新品上市時，說一句「我們家產品就是好」，聽到這種場面話，無論臺上或臺下，大家肯定都無感。這時候，「反差感」上場：大事見小，小事見大；正經裡找輕鬆，輕鬆裡找正經，從真實事件找著力點，比較容易帶來感動。

好寫手要像模仿秀演員，細心觀察被模仿者的語氣、口頭禪、肢體動作，同時融入一點個人風格或見解，才能使觀眾哈哈大笑，又讓被模仿者在感到有趣之餘，心中暗暗佩服。

讀者朋友在撰寫商用文章時，也可以試著玩「入戲」模仿，例如，寫給主管的報告，試著想像「如果是主管站在臺上，他會怎麼講」。久而久之，這樣的經驗將轉為自我成長的養分，對提升職場價值甚至收入，都有幫助。

世事循環，就算本來是負責幫別人寫作的寫手，或是模仿別人寫作的新手，自己也能逐漸累積功力，進而成為職場上不可或缺的存在。

序章
我是專幫大老闆抓重點、刪廢話的寫作高手

如果我跟別人說「我在公司寫作」，對方就會問：「什麼？你不用工作嗎？」若說我的工作是「演講稿寫手」（speechwriter），大部分的人都會一臉懷疑的再問：「那是什麼工作？」

我解釋道，演講稿寫手寫的是大老闆要說的話，而不是小說，不過，人們還是會重問：「你是說，你負責寫老闆要說的話？」如果告訴他們我出了三、四本書，人們更會瞪大眼睛，驚訝的說：「上班族還可以出書？」這本書，能夠回答大家遇見我時，會問的這幾個問題。

寫書的同時，我也再次思考寫作兩字究竟代表了什麼，並仔細尋找日常生活中，是否有能拿來說明、方便理解的事例。經過腦力激盪之後，我更加肯定，寫作這

件事和我們的生活息息相關。

無論是上下班途中、午餐時間、開會、做報告、始務式（按：韓國職場特有文化，通常會由老闆簡單演說、勉勵員工，或發表新年計畫）、終務式（按：舉辦於年底，普遍由主管演說，感謝員工一年來的努力），甚至是較為輕鬆的公司聚餐，寫作都無所不在。

此外，我也蒐集了許多公司以外的寫作事例，包含新聞、電視劇、電影、網路漫畫，盡我所能的網羅了各式各樣的範例。

我之所以會使用YouTube、Instagram、臉書（Facebook），也是因為好奇這些東西是否和寫作有關，才順手辦了帳號，上傳了幾篇貼文。如今一人媒體崛起，各領域都出現非常豐富多樣的閱聽資源，**你越能表現自己，就越具有競爭力**。上班族不寫作也無妨的時代已經沒落了。

就算你想否認這個事實，大喊：「寫作跟我沒關係！」其實，你在公司大半的時間，都和寫作脫離不了關係。如果你無法在自己的專業領域內，持續寫出有一定水準的文字，那未來就只能當個平凡的上班族了。如今，**會不會寫作，將決定上班族的**

生存與否，並幫助你成長、獲得嶄新的可能性。

我認為，像我們這樣的上班族，一定要非常會寫作，只要稍微改變思考方式並付出努力，人人都能做到。不需要死背作文技巧或寫作要領，這些東西，我不希望只是單方面的講，我希望能在這本書中，如實呈現出「寫作的人生」會是什麼模樣。我花了非常多的心力寫這本書，希望各位讀者能夠感受到這份心意。

雖然我很努力，也很希望用一本書為各位說明所有寫作訣竅，不過可能無法在有限的篇幅內全部寫完。不，應該說，儘管我知道的東西本來就不多，但仍然很難為各位全部說明清楚。即便如此，我肯定讀完這本書後，寫作這件事會變得簡單許多，也希望你多少會產生想開始寫點東西的想法。

我希望能夠在各位讀者的心中，注入「我想寫出好文章」這樣的美麗念頭，以及「我也可以寫出好文章」的奇妙自信心。我將本書，獻給想讓思緒越來越靈光、想讓報告一次通過、想寫出一本書，以及想要更會寫文章的讀者們。

前言

寫作，是人人必備的商業武器

我看過很多害怕寫作的上班族。這說來也不奇怪，因為我們從來沒有遇到好老師，也沒有以有系統的方式學習過寫作。就算去書店找書，市面上主要都是將似是而非的理論，東拼西湊而寫成的書籍。

能稱得上寫作的，只剩下在學校為了應付考試而學習的寫作。正因為大環境如此，所以會討厭寫作、害怕寫作，絕對不是你一個人的錯，而這本書，就是要和上班族一同思考寫作這件事、一起向前邁進的親切說明書。

我相信「文字即是商品」，提出這個對大眾略微陌生的座右銘，是想敲開各位緊閉的心門。第一章會談到，如果你想提升文字這個商品的價錢，至少得擁有什麼品質的文字；仔細推敲為什麼上班族不會寫作的三個理由後，我要告訴各位，這其實都是藉口，原因請聽我在後面娓娓道來。

接下來，我們要具體的想一想，會寫作和不會寫作的人之間，有多大的差異，我也會反覆告誡各位，**越是受不了上班生活，就越要會寫作**。就像抓到韓國華城連環殺人案（按：一九八六年至一九九一年間，發生於韓國京畿道華城郡〔現為華城市〕附近村莊的十起姦殺案）犯人的刑警一樣，執著、孤單、又有毅力的堅持下去。

第二章要給容易害怕、連第一步都邁不出去的讀者力量，告訴這些人：**千萬不要費太多心思在第一句話上**，要勇敢投身寫作的世界。只要遵守「簡短、簡單、精準」這三項原則，我想，你就不會像愛講話的韓國投手朴贊浩一樣，被別人說：「你話也太多了。」

在這本書中，我有時候會像個成熟的大人一樣，彷彿看破一切的說：「**想要寫得好，就要先過得好**。」有時候，又會像個孩子一樣，抱怨：「想靠演講稿寫手的工作討生活，還真不容易啊。」

第三章，我則想藉由收看韓國美食節目《白種元的胡同餐館》的心得，告訴各位，會煮菜的人就會寫文章，藉此一起學習文章的主要元素。我認為，「斤斤計較」

就是寫作的源頭，所以還想邀請各位，一起變得更斤斤計較。

接下來，會一邊介紹美劇《陰屍路》、一邊談寫作；其實，就連看韓國元祖女偶像李孝利主持的綜藝節目《Camping Club》，也能突然談起寫作。至於時而尖銳指責「拜託你們不要丟人現眼，連文法都弄錯」、時而吟詠詩作的獨立運動家咸錫憲，則希望大家找到一名可以信任的讀者。

在第四章，我會偷偷告訴各位，當你寫作不順利時，不如抄襲青瓦臺（按：韓國總統府）的免費資源，或是先找出想寫的題材，再蒐集周圍各式各樣的素材。

如果你擔心自己會打破和自己的約定，進而放棄寫作，那麼，就告訴周圍的人你的截稿日，我還要給你一個驚人的建議——想辦法收取一些訂閱費用。另外，別忘了，你必須建立固定寫作的規律，讓自己隨時隨地都能準備動筆。

接下來，第五章要介紹履歷、自傳、報告、電子郵件、評論、專欄、敬酒詞、祝賀詞、卸任致詞、致歉文，以及社群網路貼文，各種上班族會接觸到的文章。同時，也會教導大家該如何因時制宜、寫出適合的文章。

職場生活和寫作的共同點是什麼？我把答案放在第六章。本章還有上班族笑中帶淚的生動故事，只要你有上班經驗，就能感同身受。接著，我會說明，為什麼不會寫作的人就無法升遷、為什麼理工生和公務員的文章很難懂、場面話能為職場生活帶來多少能量、奉承和忠誠有哪些相同與相異之處，以及新年致詞該寫些什麼，裡頭可是隱藏著關於升遷的重大祕密。

這本書的結論，在於第七章的主旨——寫一本屬於自己的書。關於以下這些問題：為什麼上班族要寫書、為什麼一定要是現在、究竟該寫什麼書、該小心誰，又要避免哪些情況、寫了之後又會發生什麼事，請聽我直接大膽的分析。

本書每篇文章，都是獨立的專欄故事，全部集結起來後，又是一個完整的故事，結構非常特殊。你不需要按照順序，從第一章開始讀，可以從平常有興趣的部分開始翻閱。在工作空檔或通勤時間，挑出一些需要的部分來讀，這樣就夠了。

我希望，所有想開始寫作的上班族，都能為彼此的生活和寫作生涯打氣，並將本書的內容，像平時的聊天內容一樣輕鬆分享。

再貪心一點，如果能有機會和喜愛這本書的讀者們，一同在鐘路區（按：韓國首爾的中心地帶，擁有悠久歷史）或光化門（按：位於鐘路的朝鮮王朝正宮景福宮之正門）附近聚一聚，簡單喝杯啤酒，我想應該沒有比那更令人開心的事情了吧！希望對於害怕寫作的上班族們而言，這本書會像口感順滑的經典海尼根（Heineken）一般獨特，讓你能輕鬆喝下肚、好好消化！

第一章

想進大公司，寫作是最快的跳板

作家精選

「我也想學寫作。」
「是哦，那就寫啊！」
「開玩笑的啦！我哪會寫。」
「怎麼會？我都寫了，你當然也可以。」
「會寫作的人當然會這麼說啊！」
「不會啦，比想像中簡單。你會寫歌嗎？會彈琴嗎？」
「當然不會。」
「這就對了，同一個道理。」
「可是，當我想寫作時，腦袋裡什麼也想不出來。」

——《我家的問題》，日本推理小說家奧田英朗

1

商業寫作不需要天賦，靠訓練

英文單字speechwriter，指的是演講稿寫手。想了解這個聽起來有點陌生的職業，可以看美劇《指定倖存者》（*Designated Survivor*）和日劇《今天也是個良辰吉日》，裡面的主要角色中，就有一名是演講稿寫手。

更近一點的作品，有莎莉．賽隆（Charlize Theron）主演的二〇一九年電影《選情尬翻天》（*Long Shot*），描述總統候選人和選舉團隊撰稿人的愛情故事。

雖然不像電影情節般高潮迭起、精彩萬分，但身為演講稿寫手的我，幾乎負責執筆公司所有類型的文章。當然，一定會撰寫報告和郵件，除此之外，還包括就職演說、新年演講、紀念日演講、歡迎致詞、營運文書、祝賀詞、追思文、敬酒詞、致歉文、報導資料、專欄等。

我也幸運得以出版幾本作品，因此，大家都說我文筆不錯，在公司裡還算受到認可。

不過，雖然我每天都在公司寫文章，也出過書，但老實說，我還是對文學寫作一知半解。好比威廉・莎士比亞（William Shakespeare）的戲劇作品《哈姆雷特》（*Hamlet*）和米格爾・德・塞凡提斯（Miguel de Cervantes）的小說《唐吉軻德》（*Don Quijote de la Mancha*），類似這類的作品，我未曾嘗試寫過。

除此之外，韓國作家趙廷來的系列小說《太白山脈》、韓國詩人皮千得的隨筆《因緣》、韓國詩人鄭芝溶的抒情詩《鄉愁》，這些文學作品的寫作方法，我一竅不通。另外，像是《耀眼》、《陽光先生》、《山茶花開時》等韓劇，或是《星際效應》（*Interstellar*）、《阿甘正傳》（*Forrest Gump*）這樣的經典電影腳本，我也不知道是怎麼寫出來的。

但是，如果今天要談的是**上班族的寫作**，我就有點信心了。因為**我很清楚哪些內容一定要放進去、哪些內容最好不要放**。因為我的職業的關係，所以比別人多懂一些，知道要強調哪些部分、修改哪些地方、要去哪個部門要哪些資料，還有要怎麼將亂七八糟的敘述變得一清二楚。接下來，我會為各位簡單說明這些方法。

不過，令我有些意外的是，人們經常反問我：「寫作是可以教導或學得來的嗎？」甚至也有人說：「想寫作，可能需要與生俱來的才能。」好像寫作是一種魔法一樣。

但看看村上春樹，這句話好像也不能說是完全錯誤。有人問他為什麼會成為小說家，他回答：「二十九歲的某一天，獨自坐在棒球場上時，突然就覺得我想要成為小說家。從那時候起就開始寫小說。」其實，寫作確實需要天賦和契機，不過，這僅限於文學這樣的藝術領域。

要是所有的寫作都是像這樣子開始的，那可能地球上大部分的人類——包含我本人——都不會寫作了，反正也學不來，就不用白費力氣了。乾脆立刻衝去棒球場或籃球場，不然就去教會、寺廟、教堂，甚至上火星、冥王星，趕緊找到能像村上春樹一樣、打通任督二脈的地方吧！

值得慶幸的是，我們不需要做到這種程度。接下來我們要談的寫作，不是藝術，也不是文學。上班族的寫作，重點在於分析資訊、分門別類，並按照目的重新配置，也就是商業寫作。只要持續不懈的努力，人人都能學會並教授這個「人生中的技術之一」。

文學作品看天賦，商業寫作靠訓練

尤其，對於像我這樣的演講稿寫手而言，寫作確實就是一項商品。商品必須維持一定的品質水準，並準時做出來。要有改變的空間，才能做出客戶想要的產品，品質和CP值，也得滿足客戶的期待。

若不能即時做出或賣出產品，該製程或店面就難以維持營運。倘若演講稿寫手不能產出好的文字，那麼，新年第一天就是一場惡夢，談好的合約也會泡湯，底下員工將會無所適從。

韓國具代表性的寫作良師──柳時敏作家，在《柳時敏的寫作講座》一書中這麼說：「雖然文學寫作講究天賦，但是書寫自己的人生、將知識整理得簡單易懂、說服他人的寫作，只要經過訓練，絕對學得來。」還真是令人慶幸！

不過，這並不代表，任誰都能不靠努力就寫出好文章。寫作就像開車一樣，只要持續練習，總會慢慢熟悉上手。只要擁有國中以上水準的母語能力、懂得搜尋需要的資訊、能明辨事實與意見之差異，人人都能寫出好文章。

學會寫作，工作的時候就有頭緒了。因為，所謂的工作，不外乎是定義問題、分析問題、提出解決之道的過程，而這些過程，和寫作也幾乎一致。**懂得寫作的上班族所寫的信，也會更加簡單明瞭，報告書也更能說服他人，敬酒詞也會更有趣。懂得寫作，就懂得工作**。

學會寫作，在公司以外的場合也非常有用。持續不斷的寫作後，即使不靠職位、所屬單位、資歷，即便是赤裸裸的你，也將擁有和世界對抗的力量。如果你在社群網路上發了貼文，然後一邊觀察大眾的反應、一邊修改文章，持續用一個主題，接連上傳幾篇貼文，最終你將會找出一個打動人心、且真正屬於你的故事。

我有一個辦法。請你在上下班的路上閱讀本書，隨手畫幾道底線，只要擁有本書中的基本功，那麼，至少不會再聽到別人批評：「這種東西也好意思說是文章？」

然後，要是聽見別人稱讚你的文筆越來越好，你的腦中就會浮現更多想寫的故事。某一天你會發現，在不知不覺之中，你的寫作時間越來越長，也不再像從前一樣害怕寫作了。

只要好好學習，普通上班族也能寫出好文章。就相信我一回，再多看這本書十分鐘吧！接下來，我將會傳授這十七年來，身為宣傳和演講稿寫手，在公司寫作時累積下來的內功。

2 為什麼不會寫？因為「三無」

我有一個愛遲到的學弟，每次遲到，他都會把各種不可抗力因素當成藉口，例如路上太塞、早上發燒到四十度所以去看醫生，甚至家裡還常常出大事。這些理由讓人很難傻傻相信，但我們也無法得知真假。

說著「我也想寫作，但就是不會寫」的上班族們，也總會說出像是「我就是沒辦法」這樣的擺爛藉口。這幾年下來，我聽到的理由，整理出來大概就像第三十五頁的圖1-1。上班族不會寫作的三大理由，我將其稱為「三無現象」。

第一，他們總說自己沒有時間寫作。每天早上九點上班，那麼七點就要起來，晚上十一點就寢。假設勉強在晚上七點下班，就算馬上回家，吃個晚餐、洗個澡，整理一下也差不多九點了。

如果再喝杯酒，一下子就超過十點了，然後再看個新聞、回覆臉書留言、看Netflix和YouTube影片，很快的又到了十一點。大部分的人都這麼過生活，所以抱怨沒有時間，其實也不無道理。

如果太過忙碌，實在擠不出時間寫文章，那就從蒐集零碎故事開始吧！這些零碎的字句，可以成為文章的線索。比如，用幾個單字記錄一些簡短的事件或情感，或在網路上蒐集相關素材，大概只要二十分鐘就能完成。

在通勤途中，看網路漫畫或新聞時，如果有一些印象深刻的字句，也可以立刻寫下來或用手機截圖。培養這種隨手蒐集的習慣，任誰都做得到。

當你突然想到很不錯的句子，就把它存在記事應用程式中吧！當然，如果只有蒐集，這是在浪費數據，沒有什麼用。請在週末休息時，花一點時間，將你儲存下來的字句融會貫通，把它們寫成句子。這樣下來，一開始的單字聚集成句子，再匯集成段落，某一天將會成為一篇文章。

有時候，我也會採用平日請假的大膽方法。我會在請假後，故意到公司附近的

圖 1-1　上班族不會寫作的三大理由

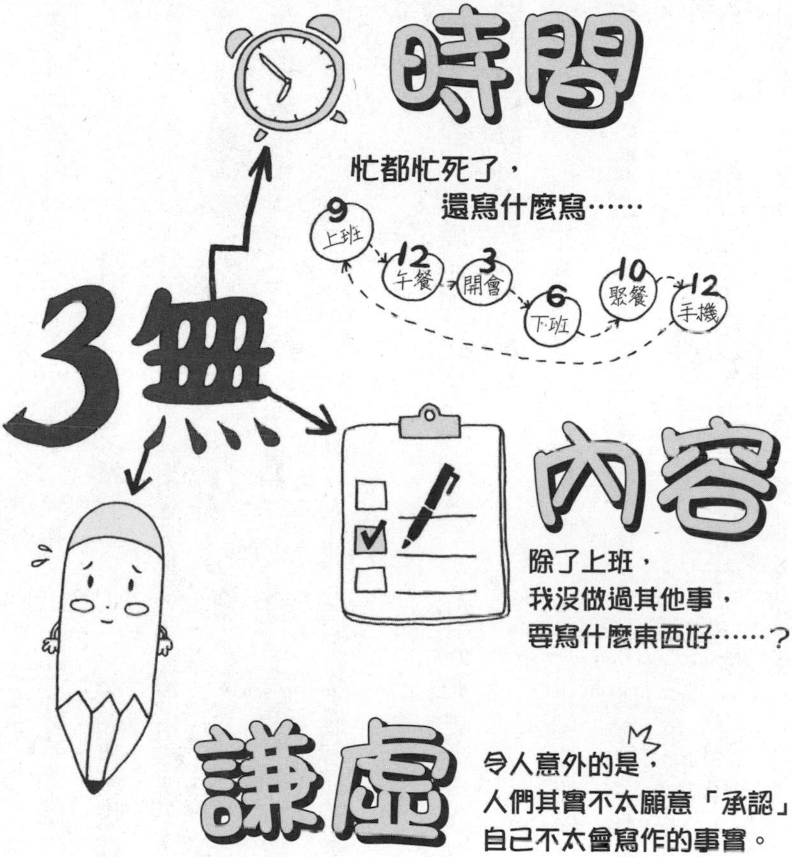
時間
忙都忙死了，
還寫什麼寫……
9 上班
12 午餐
3 開會
6 下班
10 聚餐
12 手機
3無
內容
除了上班，
我沒做過其他事，
要寫什麼東西好……？
謙虛
令人意外的是，
人們其實不太願意「承認」
自己不太會寫作的事實。

咖啡廳，坐在可以仰望辦公室的窗邊，想著：「現在下午兩點，差不多就是被老闆抓到在打瞌睡，結果被他盯緊的時間。」然後，精神就來了，只要體會到現在這個時間有多麼珍貴，效率就會直線上升。你也可以在夏天和秋天，大膽的請上四天的寫作假期，這也是個不錯的辦法。

如果不是「週末也經常要上班」、「三個月以來沒有一天請過假」、「最近三年休假時都沒有好好休息過」這麼嚴重的情況，大部分上班族，通常都有不少隱藏的寫作時間。

不是真的沒有寫作的時間，而是沒有努力去找，「沒時間」通常只是拖延寫作的藉口，或者，你純粹更喜歡做別的事情。

只要內容夠真實，世上沒有不好的素材

第二，有些上班族會說，他們沒有值得寫下來的內容，所以沒辦法寫。

「從以前到現在，我也沒做過其他事情，就是上班而已」、「我只會處理公司

業務，其他都不懂」，大部分的上班族都這麼說。但是，想要寫作，首先就要扭轉這個觀念。

你應該要想：「我上班十年了，所以我有這麼多的事情可以寫。」即使各家公司都有類似之處，卻也各不相同，都是充滿故事的寶庫。再仔細一看，其實這裡充滿著人間百態。

也許你覺得眼前工作令人厭煩，各種狀況都讓你感到煩躁，但說不定對其他人而言，這是新鮮、讓人好奇的故事。別太快用「這些故事別人都已經說過了吧」拒絕，先試著寫一次看看吧！

這世界上其實沒有全新的故事，只要能用嶄新角度展望稀鬆平常的事物，並勇於做無厘頭的嘗試，就是有趣的故事。

無論你是在一家公司工作多年，還是換過多家公司，如果上班超過十年，無論從事哪種行業、業績優劣，你都絕對有資格，站在自己的視角談論該領域。任誰都有屬於自己的歷史和未來，不需要把這些故事修飾得精彩無比，只要平淡如實的寫出來，一定能寫成好文章。

有可能直到最後一刻，都很難確定我的故事究竟是不是好素材，這是所有寫作的人共同的煩惱。電影《午夜巴黎》（*Midnight in Paris*）裡，也有很類似的片段，主角蓋爾（Gil）是一名編劇，在巴黎的街頭走著走著，偶然穿越時空、回到過去。

他在那裡遇見了過去有名的作家和藝術家，一同小酌談天。遇到歐內斯特・海明威（Ernest Hemingway）的蓋爾鼓起勇氣，將自己寫的草稿給他看，並問道：「是不是很幼稚？」海明威則告訴他：「世上沒有絕對不好的素材，只要內容夠真實就好！」

將上班族的生活用文字呈現時，最重要的是真實性。天賦、潮流、行銷，這些都是後面的問題。

「可以寫這種內容嗎？」你會擔心也很正常。但是，若你只想著寫出很厲害的故事或令人驕傲的成果，就很難跨出第一步。無論是覺得羞恥的事、失敗、挫折、遍體鱗傷的模樣，把真實的我如實寫出來吧！

寫著寫著，總會將自己的想法和故事變得閃閃發亮。如果故事不夠，可以再蒐集過去的經驗，或透過閱讀、搜尋資料，甚至參考他人的文章，慢慢把空白處填滿。

以後再寫？這代表你永遠不會寫

第三，上班族無法寫作的最大理由，是因為不夠「謙虛」。令人驚訝的是，原來有滿多人不願意承認自己不會寫作，反而假裝自己很懂，結果寫出來的東西過於矯揉造作。明明根本沒有人叫你寫，也沒有人會打分數，自己卻被必須寫得好的觀念束縛住，最後才得出這種結論——與其拿不出任何成果，不如不要開始。

剛開始寫作時，必須抱持著謙虛的心態。告訴自己，寫不好也沒關係，在某種程度上，數量比質量重要許多。就像打拳擊時，猛攻幾次，總能打出上勾拳一樣，不需要擔心得太早。如果目標訂得太高，就很難邁出第一步。你不需要為了創造精彩萬分的故事，刻意花太多心思。

為了蒐集故事素材，多多搜尋資料當然是好事，但你要記得，別光是蒐集資料，浪費了寶貴時間。真正寶貴的是屬於你的經驗和想法。**很少人會花時間閱讀谷歌（Google）上就找得到的資料，人們對千篇一律的故事不會感到好奇；在文字中融入你的想法和經驗，就這足以讓平淡無味的文章，變得生動靈活。**

另外，過度謙虛也不是一件好事，千萬別抱持著「以後再寫」的心態，不斷延遲寫作這件事。這樣下去，不僅無法累積功力，那一天搞不好根本不會到來。雖然你決心要等賺了很多錢、出人頭地之後再寫，但誰知道那會是什麼時候？如果那一天來得太晚，你已經沒有力氣拿筆了呢？趁身體還硬朗，現在就開始寫點東西吧！

我命名的三無現象，其實不完全是上班族的無病呻吟。上班族光是上班，確實就夠忙碌了，也很難找到值得一寫的內容，畢竟大家都被龐大的壓力，壓得喘不過氣來。也許，不寫作是更理所當然的事。

然而，有一件事情是很肯定的：想要達到什麼成果，就一定要花時間並投入精力。天下沒有白吃的午餐，無論成敗，至少今天得投資，明天才能有所期待。寫作也是一樣。如果總是有無數的藉口和理由，不斷延遲，恐怕這輩子什麼都做不到。

三無現象，就像是寄生於恐懼之上的鬼魂一樣。我們越害怕，這種鬼魂就變得更強壯；一旦被這鬼魂纏上，再小的擔憂，都會在一瞬間內，擴散成巨大的恐懼。即使害怕，也請正視它，打開電腦，把今天決定要寫的分量繼續寫完吧！不花一個禮拜，這種恐怖鬼魂就會消失得無影無蹤。

3

這已不是技術考量，而是生存問題

你曾聽過「English-Divide」嗎？於二〇〇一年八月，美國經濟雜誌《彭博商業周刊》（*Bloomberg Businessweek*）首次介紹了這個概念，直譯為「英文落差」。這個概念，說明英文能力的差距，就是決定社會地位或經濟貧富的核心因素。

在瑞士，能夠說一口流暢英文的人，他們的年薪比不會的人高出約三〇％。而在印度，會說英文的一億人口，和不會說英文的十億人口相比，生活水準差距更加明顯。換句話說，英文就是核心競爭力。

除了英文落差之外，也有數位落差（Digital-Divide，因性別、種族等差異，讓使用數位產品的機會與能力有所不同）以及學歷落差（Academic-Divide）等詞彙。

這代表，使用科技產品的能力和學歷，也可以用來區分社會階層。我想，未來可能會出現所謂的「寫作落差」。當網路搜尋變得越來越便利，**懂得書寫自己的故事，成為現代人的必備能力之一，寫作不再只是一種浪漫，而是生存問題**。

我們經常看到成績好、卻不會寫自傳，老是在書面審查階段就被淘汰的案例。我也曾看過新創公司的負責人，因為寫不出一份優秀的投資提案，而導致調度資金失敗的情況。如果不會寫報告，別說升遷，連準時下班都做不到。

上班族已經無法躲避寫作了。憑藉著過去在學校學到的知識和現場累積的經驗，已經不足以讓你成功。如今是人工智慧（AI）的時代，全仰賴谷歌大神關照。比起默記知識並且儲存的「輸入」（input），表達自己想法、透過經驗溝通的「輸出」（output），肯定重要上好幾倍。

輸出的方法，人人不同。音樂、照片、舞蹈、畫畫等，有很多種表達方式。但我認為，其中最好的方式就是寫作，因為寫作，讓你能留下自己的痕跡、使自己成長，不僅歷史悠久、也最為確實。就算近年影片有多受歡迎，這些影片的基礎仍是寫作，這是不變的道理。

比起只有自己懂，讀者理解更重要

寫作領域的分支越來越多。常常聽到「行銷寫作」、「企劃人的寫作」、「業務人的寫作」等名稱，被冠在許多演講主題之上，而且都能吸引許多聽眾的興趣。

其實，公司也對寫作很有興趣。韓國最大的移動通訊運營商SK電訊，為了提升員工的寫作能力，甚至出版了一本寫作書，名為《打動人心的寫作》。他們認為，能夠配合客戶類型及條件，寫出比競爭對手更好的文章，才能維持並強化市場競爭力。

這本《打動人心的寫作》，結構很簡單，只要三十分鐘就能大略看完。電信公司會告訴你，該如何用一百個字，寫出宣傳文句或產品介紹，而且介紹得生動有趣；除此之外，還會用數據解說，一個單字或符號會透露什麼語氣、為點閱率帶來多大影響，很值得閱讀。

世界級企業亞馬遜（Amazon），從很久以前就注意到寫作的可能性。在亞馬遜，若想提出新專案，不能只靠圖表、圖片為主的PPT簡報，而要按照六何法，寫出明確的句子和精準的單字。

寫作，是將腦中所想的事物整理得更簡單明瞭，將世間萬物切割、連結的工作。亞馬遜上上下下的員工，都被要求將所有簡報寫成一篇短文。最近臉書也導入了小論文報告的形式；至於韓國，則有現代汽車旗下的現代信用卡、韓國集團公司斗山集團、韓國最大商業銀行國民銀行等企業，採用這個方式。

被譽為奧馬哈（按：位於美國內布拉斯加州東部，股神巴菲特的出生地）先知的華倫・巴菲特（Warren Buffett）曾說：「**若要在MBA（企業管理碩士）課程中，挑出一項必學的能力，那一定是寫作。**」這代表，寫作能夠左右未來的競爭力。

不只是企業經營，在充滿數字和符號的科技工程領域中，寫作也非常重要。洗衣機或相機要怎麼操作、新產品或新服務的優點為何、手術和治療將如何進行等，都必須用簡單的方式說明，這就是「技術寫作」（technical writing）。

技術寫作，就是將艱澀難懂或過度省略的文章，抑或用生產者角度寫出來、非常不親切的說明文，轉換成「客戶的語言」。我們甚至可以稱它為一種翻譯工作，嶺南大學（按：位於韓國大邱）的林載春教授，是這個領域非常有名的專家，他在《韓國的理工生害怕寫作》一書中強調：「科學家也要懂得寫作。」

圖1-2　「輸出」比「輸入」更重要

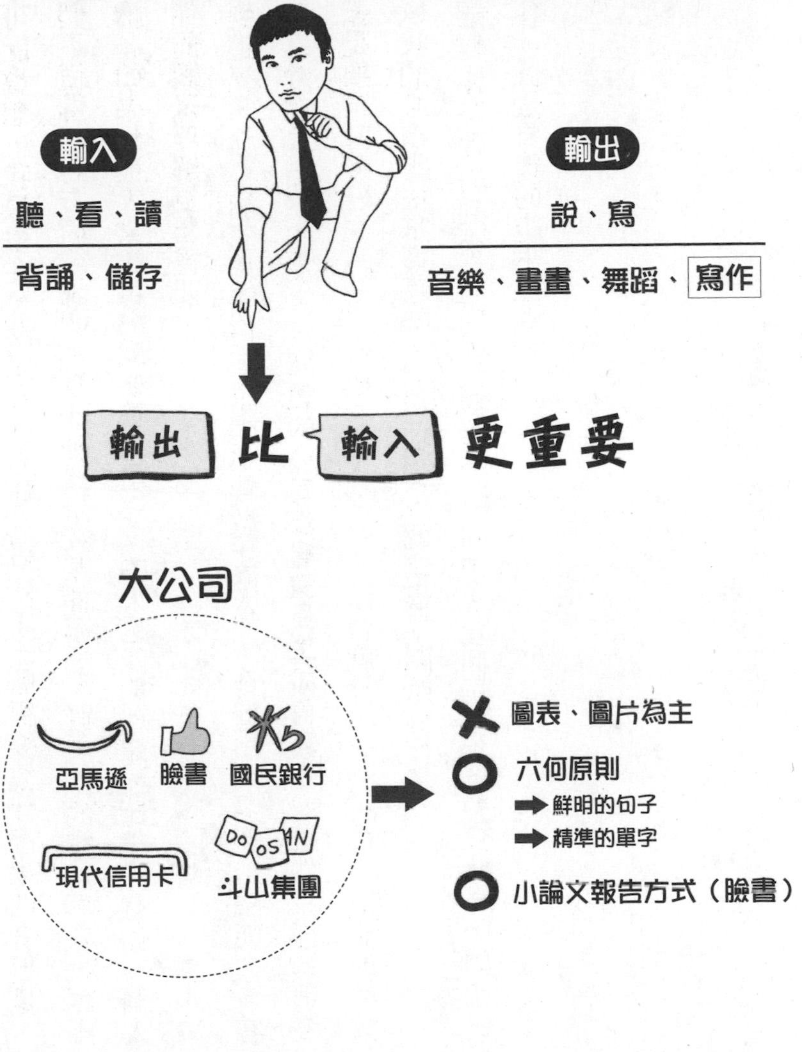

你可能會想，我只要在實驗室好好做研究就好了，哪需要寫什麼東西？但是，如果我們不懂得向對方簡單說明「為什麼要研究某件事」，就算你的想法再好，也不會被採納。如果想被大家認可，就要讓不是專家的人也能夠理解。比起只有你一個人懂，讓你的觀眾理解更為重要。

說到這裡，你可能已經明白，原來不管做什麼事，都會用到寫作這項能力。客戶肯定更喜歡寫得簡單的文字，**厲害的公司都會教員工如何寫作**。雖然我提過很多次，但還是要再叮嚀一次，「上班族會寫作很好，不會就算了」的時代，很快就要落幕，所以我們必須盡快掌握趨勢，若想進步，就要盡早開始寫作。

距離寫作時代的到來，已經沒剩多少時間了，我們一定要站在「寫」的那一邊。寫作，就是日後的維生工具。

4

寫什麼？寫開心、寫無聊、寫失落

我父親在鐘路一帶經營美髮院，三十年來，幾乎都是搭清晨第一班地鐵出門。當時，我並不知道那是多辛苦的事。每天到同一個地方，拉起捲門、掃地、打刮鬍泡、擦鏡子、將理髮刀的刀片和剪刀清潔乾淨。他有一個小小的願望，就是希望花大錢染頭髮的客人能變多，但是，很少有那種幸運的日子。

身為上班族的我，和父親的人生很類似，每天在同一時間打開電腦，回覆著差不多的郵件、用很假的微笑和同事們打招呼、開幾個讓人懷疑人生的會議、寫幾個沒有正確答案的報告書。

在公司餐廳吃完午餐，下班後再和幾個比家人還常相處的同事小酌，沒事還要確認一下彼此的歸屬感和忠誠度。這些事讓我感到很厭煩，我現在才知道，父親為什麼會這麼累。

要是沒有中樂透，基本上，所有的上班族都得過這樣的生活。這種不上不下的煩躁感，有時候真的會讓人生氣，大概也記不得是從什麼時候開始，每一天都過得一成不變了。這種無聊又沒生命力的日常生活，能不能拿來當作寫作素材呢？說不定，要是這麼做，每一天的心情和姿態就會大有不同。

接下來我要介紹兩篇電影，也許可以讓你獲得一點靈感。

第一部作品是《白日夢冒險王》（*The Secret Life of Walter Mitty*）。主角華特（Walter）是一名未婚的老宅男，不敢和暗戀的女同事說話，二十年來，為了在截稿日前洗出照片，一直待在狹小的暗室之中；他不敢反抗討人厭的上司，只能唯唯諾諾的生活，每天挑選著《生活》（*LIFE*）雜誌上要刊登的照片。

華特很早就認了「公司的事就是我的事」的上班族宿命。他唯一的興趣就是作白日夢，在廁所、電梯、餐廳裡，他都經常陷入天馬行空的想像世界，成天想像「要是那時候我去追尋夢想」、「要是我去國外旅遊」、「要是我和她告白」，經常自言自語。

那張要當成最後一期雜誌封面的第二十五號底片，如果沒有消失，他可能到死都會繼續作那些沒有營養的白日夢吧！為了在人事改組中存活下來，華特出發前往格陵蘭，尋找那張照片的拍攝者尚恩（Sean），陰錯陽差的開始了他的旅程。

尚恩和華特的個性正好相反，尚恩每天接觸自由和大自然，想做的事情必定要做到；而華特在這趟旅程中，開始和自己內在的聲音對話。他跳進大海中，驚險避開鯊魚，又碰上火山爆發前夕，不斷往前邁進。

他踩著長板，重新感受兒時體會過的自由，還在白雪覆蓋的高山上，看見難得一見的山中幽靈──雪豹。原本自暴自棄的他，在一次毫無計畫的旅程中，將想像化為現實，度過人生最美好的時光。

第二部電影是《派特森》（*Paterson*），這是關於住在美國紐澤西州派特森市的主角，派特森（Paterson）的故事。就好比今天主角是住在萬華的「李萬華」，或是住高雄的「陳高雄」一樣，名字被取得這麼沒誠意的派特森，他的人生，就是完美實踐例行公事的優良範例。

他每天在早上六點十五分起床，吃麥片、配牛奶，再花十分鐘走同樣的路上班；然後，他開著公車、穿梭於同一個社區，並在固定時間，一個人吃著妻子為他準備的便當。

下班後，他就帶狗去散步，接著繞到昨天、前天、大前天都去過的同一間酒吧，喝同一款啤酒，而且只喝一杯。完全沒有起承轉合的枯燥日常，一週七日，日日上演。

但是，他每一天早上，都有一件必做的事情，就是在他的祕密筆記本上寫一首小詩。裡頭也沒有什麼特別的，就是寫一些和妻子的親吻、火柴盒、雨水、餅乾、郵箱相關的雜事。他的生活，單純到可說是無聊，如果你習慣了好萊塢電影，可能會覺得這部電影枯燥乏味。

片長一百一十八分鐘的電影裡，能夠稱得上是事件的，就只有一個場景了。他的愛犬咬碎了他的祕密筆記本，而為了撫平這個失落感，他走到瀑布前面，靜靜的望著瀑布出神。偶然經過那裡的一名日本觀光客，和他簡短的講了幾句話。

觀光客小心翼翼的問了派特森：「你是詩人嗎？」他說：「不，我是一名公車司機。」而觀光客則表示：「一個喜歡詩人威廉・卡洛斯・威廉斯（William Carlos Williams）的公車司機，真是詩意啊！」

然後，這名觀光客送給派特森一本筆記本，並說道：「有時，一頁的空白，反而有最多的可能性。」此時，派特森的臉上出現了奇妙的微笑。也許他會用那本筆記本，繼續寫下美麗的小詩。

想打破無聊日常，從文字中找趣味

這兩部電影的男主角，都和我們這些上班族有類似的地方。礙於現實的無奈，今天也和昨天一樣勉勉強強的度過，日復一日。養家餬口讓人厭煩、辛苦又害怕，每天不斷上演重複的日常。若說華特和我們有所不同之處，大概就是他做了平常絕對不會做的事情吧！華特將人生中的「要是我當時……」改寫成「我要試試看」。

寫作也是如此。一切都就從一股「做了原先不會做的事」的勇氣開始。我們不能讓「要是那時我有寫下我的故事」、「要是我有每天寫三行句子」、「要是十年前我開了一個部落格」、「要是我有參加 Brunch（按：寫作愛好者使用的韓國社群平臺）的公開招募活動」、「要是我週末再抽出點時間」這樣的遺憾再度發生。鼓起勇氣，果斷將自己投入全新的環境中吧！

第二部電影的主角派特森，非常習慣觀察日常生活。如果想要寫作，就得像派特森一樣，用觀察者的視角看待世界萬物，並一一記錄下來。就好比同卵雙胞胎看起來雖然很相似，也是不同的人一樣；昨天和今天再相似，一年三百六十五天中，也沒有哪一天是完全相同的。想寫文章，就需要培養感性，就算是人生風景中的細微改變，也能敏銳察覺。

每個人的人生，都充滿著微不足道的小事，誰也不例外。想打破無聊的日常，就得在寫作的過程，慢慢尋找、創造出屬於自己的意義和趣味。如果人生只剩下公司的工作，那就太令人哀傷了。

曾在保險公司任職十四年的法蘭茲・卡夫卡（Franz Kafka），將自己在龐大組織裡，感覺逐漸變得渺小的心境，融入小說《變形記》（*Die Verwandlung*）之中；因為家境清寒，從小開始做童工的查爾斯．狄更斯（Charles Dickens），在《孤雛淚》（*Oliver Twist*）一書中，諷刺十九世紀英國倫敦後巷裡的殘酷勞動現實。

韓國詩人李箱在的小說《倦怠》中，極力吶喊「厭倦」，而這卻成了經典之作。曾是鑄造廠工人的金東植，在韓國網站「今日笑話」中不時上傳文章，最後將其集結成《灰色人類》一書，進軍文壇。

你可能很難相信，**無論我們過著什麼樣的生活，一定都有一、兩個，對別人而言很特別的故事，只要堅持寫上十週，就算只寫了上班族的生活，裡頭也會存在著它特別的意義。**我敢保證，只要你持續寫作十個月，從前你覺得枯燥無味的生活，就會披上不同的色彩，以全新的樣貌重新映入你的眼前，那是非常特別的體驗。

請像華特一樣，去做不曾做過的事情，並像派特森一樣，觀察日常並記錄下來，努力在生活中實踐這兩件事。這麼下來，平凡無奇的日常生活，在特別的文筆之下，就能變得煥然一新。

5

現在，是對抗不會寫、不想寫的時刻了

二〇一九年九月十八日，韓國警方公開發表了一件任誰也意想不到的消息。彷彿永遠無解的華城連環殺人案，在三十三年之後，鎖定了一名嫌疑犯。因為搜查技術變得越來越發達，讓過去做不到的微量DNA分析，現在變得輕而易舉。警方重新檢視證物後，發現和其DNA一致的人，就在釜山監獄中。

這名嫌犯本來是一級優良囚犯，一開始他強烈否認這項指控。但是，當警方拿出無可否認的科學證據，也反覆確認證詞和相關事實後，嫌犯最終放棄辯解，承認自己就是凶手。二〇〇六年，十起殺人案的最後一個案件追訴時效期滿後，幾乎要成為未解謎題的真凶，竟然在十多年後被抓到了，想到這個時機，不禁讓人起雞皮疙瘩。

執導電影《殺人回憶》（按：參考華城連環殺人案拍成的犯罪驚悚電影）的奉俊昊導演曾說：「我為警察的執著和勞苦鼓掌。」當年負責該案的搜查官，也就是前警察總長河成均，曾在一次採訪中流淚表示：「真的很想抓到犯人，想到要抓狂了。」

寫作，其實和抓犯人有不少相似之處，例如，兩者都很孤獨。在如此漫長的歲月裡，獨自惦記著眾多證物、鍥而不捨，是一件非常孤獨的事；而寫作也是如此，獨自將周圍所有故事反覆咀嚼，在深夜寫著沒人在乎的文字，反覆修改看不出差異的詞彙……就像刑警為了揪出犯人，熬夜孤獨辦案一樣，一直寫作，卻不知道是否有完成的一天，同樣不輕鬆。

小說《太白山脈》和《漢江》的作者趙廷來曾說：「就連我深愛的妻子，也不能替我翻一張草稿，連一個句號都不能替我寫，這就是寫作。」趙廷來最為人所知的特點，就是他堅持一定要獨自寫作；只要開始撰寫新的作品，可能會長達數年都與世隔絕，只專心寫作。他甚至曾經說過：「孤獨是作家的宿命。」

想要寫作，就要和孤獨做朋友，因此，無論如何，都要避開次數過多的聚餐，並持續過濾人際關係。不僅要推辭休閒活動，也要減少和家人和朋友相處的時間。用文森・梵谷（Vincent van Gogh）割掉耳朵的決心檢視稿紙，獨自在無人強迫參與的戰爭中，戰到最後一刻。

刑警和作家的第二個共同點是，兩份工作都很危險。**將內心所想的東西掏出來給其他人看，任誰都會覺得不自在，有時候甚至會感到害怕**。

「主管會不會罵人」、「老婆會不會不開心」、「朋友會不會笑我」，如果你已經開始擔心這些，可能就無法邁出第一步了。「人事考核會不會受到影響」、「經理會不會看我不順眼」、「其他人會不會都在背地裡說我壞話」，你搞不好還會有這種擔憂。各種雜七雜八的想法，不禁油然而生。

其實，會擔心也很正常。雖然大家不會明講，但是韓國大部分的公司，都不太喜歡會寫文章的員工。表面上他們說這種員工會影響工作效率，但其實，他們是擔心員工會脫離公司的掌控。更何況，現在是自媒體時代，網紅和KOL崛起，自己創業的可能性大幅增加。上班族要寫作，和近代的韓國獨立運動（按：十九世紀末至二十世紀初，擺脫日本殖民統治、實現民族獨立而引發的反日鬥爭）可有得比。

抓犯人和寫作的第三個共同點，就是**必須足夠渴望**。如果你抱持著「有抓到很好，沒抓到就算了」的心態，或是沒有自信，總想著「我能抓得到犯人嗎？」，那麼，就算犯人在你面前，你大概也會錯過。如果缺乏「一定要抓到」的執著，和「真的很想寫作」的渴望，就算有素材也會寫不出來。

美國當代最偉大的寫實小說家查爾斯．布考斯基（Charles Bukowski）曾說：「世界上幾乎所有問題，都起源自異想天開的懷疑。」他的意思是，人類太聰明了，所以能夠不斷找出不行做、無法做、不用做也可以的藉口。關於上班族是否能寫作這件事，也有一堆五花八門的理由。

面對這麼多的藉口，我們也不需要一一反擊。只要有一個一定要寫的理由，就夠了。無論是同事的嫉妒、嘲笑、貶低，有時看起來很合理的理由，或是帶點苦澀的退意……這些讓我們無法寫下去的「地心引力」，我們必須果斷的抵抗。

如果你還是拿不出勇氣的話，我推薦你去看看音樂劇《女巫前傳》（*Wicked*），然後和我一起唸出裡面的一句歌詞：「現在，是對抗地心引力的時刻了。」（It's time to try defying gravity.）這麼做，你便能得到力量。

第二章

人人都說，第一句話最難寫

作家精選

我很想成為一名作家，但我無法明白說出為什麼。
我曾聽人說，想寫些東西的人是「可怕的小氣鬼」。
他們是捨不得讓某些場景消逝，拚盡全力要保留或復原那些場景的小氣鬼。

——《每當我哭，就變成媽媽的臉》，韓國女作家李瑟娥

1 別為第一句話想太多，隨便寫吧！

「人人都說，演講的第一句話最困難。嗯，我們的第一句話就這麼過去了。」

這是一九九六年諾貝爾文學獎得主——波蘭詩人維斯拉瓦．辛波絲卡（Wislawa Szymborska）的得獎感言。這句話，著實讓人感受到她那謙虛又充滿智慧、活潑卻細膩的個性。

在寫作不順利的時候，我經常會搜尋其他人的作品來看。讀到辛波絲卡這份特別的演講稿時，我突然開始好奇，在進行商務演說時，大家的第一個句子都寫了什麼。比較久以前的資料，大多只寫著「大家好，我是〇〇〇」這樣的自我介紹，然而，近年來，這種句子大多被認為是多餘的，所以慢慢看不到了。說來也有道理，來參加活動的人，正常來說，至少會知道演講者是誰。

在公司內部，大部分會用「親愛的公司同仁」或「很開心有機會……」、「恭喜」、「歡迎各位」這種簡單的方式開場。比起使用辛辣話題刺激聽眾的政治人物，他們的開場白較為清淡，畢竟相對而言，公司不太需要努力吸引聽眾的注意，通常，老闆在臺上講話，上班族都會很自動的注意聆聽。

不是只有演講的第一句話很難寫，**所有文章的第一句話，都很難下筆，但都非常重要**。新聞報導的標題，是決定新聞價值的賣點，而小說的第一句話，就是引領讀者進入作品的大門。我還記得，曾經有一本由「第一句話」集結而成的書，占據暢銷榜很長一段時間。

有過一點寫作經驗的人，可能都聽過這句話：「第一句話寫得好，就算完成一半了。」你可能會覺得這句話很老套，但我聽了日本推理小說家東野圭吾的一席話後，覺得這句話也許不只是一個噱頭。

據說，有人在推特（Twitter）問他：「你寫的文章都很有趣，怎麼有辦法寫出這些故事呢？」而東野圭吾回覆：「我寫下第一個句子之後，就會想到下一個句子，然後再想到下一個句子。不斷反覆這個過程之後，不知不覺文章就完成了，我自己也感到很驚訝。」

這麼看來，被翻拍成電影後也取得空前佳績的《嫌疑犯X的獻身》和《解憂雜貨店》，也都是這麼寫出來的吧？實在令人吃驚。

不過，他的這段話也不必完全聽進去，笑一笑之後帶過去就好了。前面也提過，我們沒有必要接近神的領域，上班族只要好好維持寫作技巧的水準，在公司這個市場銷售文字這個商品就好。

我們沒辦法和藝術家競爭，也沒有必要競爭。**上班族的寫作，其實是靠事實和邏輯**，和自己決一勝負。只要蒐集並分類專案相關資訊，配合公司角度和主管喜好，按結構排列就夠了。當然，這也不是那麼簡單的事情。

舉例來說，亞洲第一位世界三大文學獎之一的布克獎得主、同時是該大獎最年輕得主的韓江，在小說《白》中寫下的第一句話，可以給我們很有用的提示。這本小說，從對於「白」的自由聯想展開：

提到「白」，下定決心要書寫相關文章的那個春天，我做的第一件事，就是撰寫目錄：襁褓、嬰兒服、鹽、雪、冰、月、米、海浪、玉蘭花、白鳥、笑得很白（按：在韓文中，「很白」帶有純潔之意）、白紙、白狗、白髮、壽衣……。

如果你的腦海裡有滿滿的話要說，卻不知該如何開始，把想到的東西，一個個寫出來，也是個好辦法。若將寫第一句話的方法，按類型分門別類，其實種類意外的不怎麼多。下表整理了本書中使用的幾種：

引用	「人人都說，演講的第一句話最困難。嗯，我們的第一句話就這麼過去了。」這是一九九六年諾貝爾文學獎得主——波蘭詩人辛波絲卡的得獎感言。（第二章第一節）
概括	二〇一九年九月十八日，韓國警方公開發表了一件任誰也意想不到的消息。彷彿永遠無解的華城連環殺人案，在三十三年之後，鎖定了一名嫌疑犯。（第一章第五節）

提問　你曾聽過「English-Divide」嗎？（第一章第三節）

明示　無法準時寫出文章，是一件非常可怕的事。（第四章第二節）

不用看到別人厲害的開場白就氣餒，就算我的第一句話看起來有點不足，還是先放著吧！日後再重新修改就可以了。如果你正為第一句話而感到困擾，韓國小說家金英夏在《說》這本書中給的建議，可能會有幫助：

> 不管是什麼，先寫出第一句吧！也許那會改變一切也說不定。

從現在起，第一句話就隨便寫吧！也許從第二句開始，就會令人驚豔，第三句就馬上迸出靈感，然後某一天，文章就完成了。

2

先全部寫完，再刪減

許多名人都有自己的綽號。舉例來說，韓國退役女單花式滑冰運動員金姸兒，被譽為溜冰女王；用盡全身上下每個地方來搞笑的諧星張東民，則是諧精；有著硬漢形象，卻有可愛的一面的馬東石，被稱為馬可愛；進球後會親吻戒指的足球員安貞桓，有著指環王的稱號。

韓國藝人柳炳宰，甚至將自己泛黃的牙齒當成賣點，創造「金牙」這個個人特色。這些綽號，不僅是他們向世人展現自我的方式，也是獨一無二的生存手段。

韓國前職業棒球投手朴贊浩，一九九四年進入洛杉機道奇棒球隊（Los Angeles Dodgers），是韓國第一位大聯盟選手，他的綽號是「韓國特快車」。全盛時期的朴贊浩成績相當亮麗，他那約三十吋（約七十六公分）的大腿，比誰都要結實，而這雙有力的腿，讓他輕鬆投出時速一百六十公里以上的球。

當時年收入上億、身材高大的西方球員，對朴贊浩的球都束手無策，連球的邊緣都摸不到，直接被三振出局，韓國的球迷們，看了更是為之瘋狂。

朴贊浩選手最後在韓國職棒韓華鷹隊效力，直到二〇一二年退休。退休後，他參與了很多演講活動及綜藝節目，因此獲得了新綽號——「搞威王」（Too Much Talker），話太多的意思。

在入口網站打他的名字搜尋，可以找到很多跟他綽號相關的梗圖。像是「我跟你說，我在洛杉磯的時候」跟「你聽懂我的意思嗎？」，很多這類的改編梗圖，甚至流行到被拿來拍廣告。曾經是「火球男」的朴贊浩，現在變成了話太多的大叔，形象產生很大的變化。

曾經有人問他，是否聽過「搞威王」這個綽號，朴贊浩這麼回答：「嗯，我的話很多嗎？不，我不認同。因為有人問我，所以我才回答，人們不清楚，卻說我話很多。所以……然後……」影片速度被轉成超高速，他的回答卻似乎永遠不會結束。

「所以我真的很想說的是……我真的只講必要的事情。只是，我會一直想到很多必須說的話。必須講的，我又不能不講。因為這些都是一定要說的，因為……要說原因的話，就要從我在洛杉磯的時候開始講起。」

話很多，會帶給人負面的觀感。當一個人一口氣講很多、類似的話講太多次，或是音調平淡到讓人感到無趣時，就很容易就聽到對方說：「你話真多。」相反的，如果故事說得好，就算聊了三、四個小時，別人也會說：「時間已經到了嗎？」我想說的是，話多或話少，其實並不取決於文字的多寡。

沒確認過事實，就胡亂寫下一堆模糊曖昧的詞句，或前後邏輯不通的文章，讀者看了肯定心很累。如果碰到一個人，一股腦的說著自己沒興趣的事情，還穿插專業用語、喋喋不休，我也會煩躁到很想嗆他一句：「你話滿多的。」

朴贊浩的言談中，充滿著為韓國棒球寫下新歷史的自信心和真心。即便如此，他說的內容仍讓人聽不進去，實在難以忍受，這其實不是內容的問題，而是表達方式的問題。

如果朴贊浩選手來找我，我想告訴他三個祕訣。**無論寫或說，都要簡短、簡**

單、精準。這三個絕對法則，無論在什麼情況下都適用。

這三項法則中，最重要的是句子一定要簡短。句子一長，很容易會重複同樣的內容，變得落落長。一個句子，如果出現重複的單字，就等於在告訴別人你想法淺薄、詞彙貧乏。

想要寫得簡單明瞭，方法很簡單，先全部寫完，再刪減。刪除不必要的句子和單字後，就會剩下必須留下來的句子。最後發現，必須寫的句子比想像中還少，你搞不好還會大吃一驚。

圖 2-1　讓人忍不住想讀的 3 個絕對法則

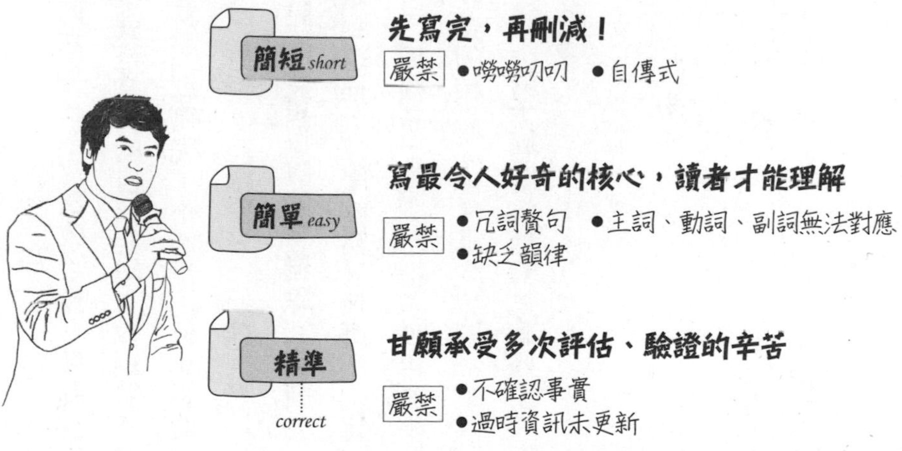
簡短 short
先寫完，再刪減！
嚴禁 ●嘮嘮叨叨 ●自傳式
簡單 easy
寫最令人好奇的核心，讀者才能理解
嚴禁 ●冗詞贅句 ●主詞、動詞、副詞無法對應 ●缺乏韻律
精準
correct
甘願承受多次評估、驗證的辛苦
嚴禁 ●不確認事實 ●過時資訊未更新

我身邊有許多自稱「懂一點寫作」的人，他們都會在多次修改之後，勉強交出一篇作品，然後宣稱自己一口氣就寫好了。這大概就是文人的自負心吧！你絕對不要被他們那句「我是隨便寫的」糊弄過去，大筆一揮瞬間就寫完，不過是武俠小說的內容罷了。

第二個法則，是簡單。只要寫得簡單明瞭一點，就可以實踐。刪除冗詞贅句，確認句子中的主詞、動詞、副詞等有互相對應；做到這裡，什麼該寫、什麼不一定要寫，自然就非常清楚。當然，也不可以為了炫耀自己懂很多，就刻意把各種專業術語拿出來用。必須讓讀者理解意思，點出他們最為好奇的核心之處。

如果你不知道該怎麼執行，只要想想韓國童謠〈猴子屁股是紅的〉就好了，歌詞唱著：

猴子的屁股是紅色的
說到紅色就想到蘋果　蘋果很好吃
說到好吃就想到香蕉　香蕉很長

說到很長就想到火車　火車很快
說到很快就想到飛機　飛機很高
說到很高就想到白頭山

親切的敘事手法應該要像這樣，一步步慢慢推進。不過，如果今天突然丟出一句「猴子屁股是白頭山」，故事就連不起來了，沒有人會產生共鳴。簡單的文章，前後文會緊密連結，這樣才能互相呼應。

簡單的文章中也有韻律可言。因為是有邏輯、流暢的接續下去，讀起來自然很吸引人，讓人覺得很簡單。所謂的韻律，又分成外在韻律和內在韻律，外在韻律取決於文章的結構。

舉例來說，序論→正文→結論、起承轉合、主張→理由→例子→強調、第一→第二→第三，用這些方式組織文章架構，就能自然產生韻律。人們對這些模式很熟悉，因此，能夠預期下面的內容，自行將知識和資訊結構化。

內在韻律，則是由呼吸和發音而產生的韻律。就像某些詩，每行有固定的字數一樣，這也是同樣的道理，只要大聲朗讀，就能感受其中的內在韻律。讀者會吟唱作家精心編寫的韻律，因此，為了熟悉內在韻律，就要培養將好句子唸出聲的習慣。**比起用眼睛讀，同時使用多種感官來讀寫，大腦會受到更多刺激，也就更容易找出較好的寫法**。

第三個法則，是要寫得精準。總歸一句，就是要寫得與事實相符；這句話看似理所當然，卻很難做到。我們必須區分事實和意見的不同，但是，我們也很容易將期待或希望，寫得像事實一樣。

有時候，可能沒確認過內容是否正確，寫出去之後才發現臉丟大了；有時候又會發生「那時是對的，現在是錯的」的狀況，因為沒有更新到最新的訊息，誤把過時的內容當成正確訊息寫出去。

如果你不確定你寫的是否屬實，那就要不辭辛勞的多次驗證。其實，只要再驗證一次，通常就能迅速得知是否有誤，不過，我們卻很常把沒時間當成藉口，隨便帶過。這時候，運氣好的話可能沒事，不過大部分都會遇到問題。

「老鷹重生」的故事，就是很好的例子。當四十歲的老鷹因為鳥喙變彎，而無法抓蟲吃時，牠們會故意去撞岩石，讓舊的喙碎裂，之後新的鳥喙就會長出來，然後，牠們就能再活三十年，若不如此，牠們就會死去。這是一個經常被拿來強調，公司必須做出果斷改革的故事。

直接講結論，這個故事很多人都至少聽過一遍，但故事內容完全不是事實。據說，世上並沒有動物的受損器官，可以像葉子一樣重新長出來。這個象徵性的寓言故事，常被誤認為有科學根據的事實，被許多人不加思索的廣泛引用。

就連必須實事求是的新聞報導，也經常出現謬誤。根據宣傳領域的專業新聞網站《The PR》報導，以二〇一八年為準，光是韓國各大主要日報和經濟日報，官網刊載的官方更正報導就高達一百七十一件。除了錯字等錯誤之外，未確認事實真假的報導，竟有一百二十二件。

不僅是新聞，電視節目中出現的內容，也有很多和事實不符。曾經有一位人文領域講師，將朝鮮時代的作家和作品講錯了，卻用著彷彿在形容史實的語氣，在節目中這樣講述，當然會引起風波。

前韓國總統朴槿惠，在韓國第七十一周年光復節慶賀文中，甚至將義士安重根

（按：在韓國獨立運動中，擊斃中日甲午策劃者，與日本首任朝鮮統監府統監伊藤博文）逝世的地點，說成了哈爾濱，而非旅順（按：位於中國遼寧省大連市）。哈爾濱其實是安重根刺殺伊藤博文的火車站所在地，安重根逝世的監獄，則位於旅順。

雖說寫作沒有標準答案，卻有絕對原則——那就是「簡短、簡單、精準」。連同這本書在內，古今中外所有寫作教學書籍，其實都是以各種不同方式，來傳授這三個祕訣。

3

今天過得好，明天才寫得好

某天凌晨，我在鐘路一帶和朋友小酌談天，難得喝到酩酊大醉，其實我記不清確切的對話內容了，但我依稀記得，好像聊了這樣的內容：

「我真的好想把我的文章整個大改，要怎麼做才好？」

「就把你的整個想法都大改啊！」

「想法怎麼可能改得掉？」

「很簡單，就把你的人生徹底大改就好。」

和友人再乾掉幾瓶酒後，我坐計程車回到家裡。隔天早上，廁所裡瀰漫著難聞的燒酒味，我拉肚子拉到屁股都有點痛了。

我講「拉肚子」，大家可能馬上就捏起鼻子、皺緊眉頭，但是腹瀉一詞，在談論寫作用途時，其實蘊含著深奧的意義。用更高級一點的詞彙來講，叫做「淨化」。再說得更簡單一點，就是將已經積壓成塊的情感，透過寫作釋放出來。

當你想哭、委屈到很想死、只想獨自一人的時候，有沒有透過寫信或寫日記，來平復心情的經驗呢？如果你有過這樣的經驗，我想你就能明白我的意思。

所有文章，說到底，就像拉肚子一樣。吃下肚的東西，先在我的身體裡消化過一遍，再慢慢一點一點的排出去，然後有天突然一次爆發；所以說，一個人生過得亂七八糟的人，說以後一定要寫出好文章，根本就是在作夢。

試想，一個每天嗜酒、幾近酒精中毒的人，一定寫不出「不喝酒變健康之方法」這種文章；連附近的後山都沒去過的人，肯定寫不出喜馬拉雅山遊記；每天愁眉苦臉的人，當然也無法說出「笑了才會幸福」這種話。

也許華麗的詞藻和口才，能混過一、兩天，矇騙一、兩個人，卻無法混過幾年、騙過幾百個人。就算外在包裝再美麗，也總有被拆開的一天，最後剩下的不是外在，而是內裡。

所以，想寫好文章，就要好好思考；想要好好思考，就要好好過生活。最後，過好生活，寫好文章的機率將會高出幾倍。如果你想寫出受所有人尊敬、認可的文章，就算再辛苦，也要試著去過那樣的人生。

在酒席中，我和朋友說的那句話：「想改掉文章，就把你的人生徹底改掉就好。」其實不完全是玩笑話。

雖然很理所當然，但我還是要說，世上所有事情會發生，背後都有一個原因。好的人生，就會帶來好的故事，開心的人生，就會帶來開心的故事，沒有例外，反過來也一樣。所以，想寫得好，就要過得好。

要過得好，並不是指在社會上的成功，不是要你畢業於名門大學、在大公司上班、當醫生或律師拿高薪、買下看得到漢江景色的三十多坪公寓，我的意思是，我們要克服當下環境的限制，好好將生活中的大小事記錄下來，並且要灌溉心靈。

被視為是當代最優秀文人的韓國作家金薰曾說：「所謂寫作，就像農夫種田、鐵匠治鐵般，一邊『勉勉強強』的揮汗、一邊『靠全身推進』的行為。」光靠思考和才能，就想寫出好文章，其實有其極限，沒有比累積下來的人生經驗，更珍貴的寫作素材了。

很多寫作書籍，會以狹窄的視角，將寫作視為「書寫句子」，但其實，寫作應該是「書寫人生」，也就是透過文字，將人生收藏起來，並持續創造下去。

所以，**如果想要寫好文章，好好過自己的人生，就是第一項條件**，學會書寫句子則是次要。各位現在都過得還好嗎？

4 你也跟我一樣，想當老闆的文膽嗎？

演講稿寫手大部分都是特助，也就是為了執行特定任務而另行聘僱，然後再視情況延長合約。我幾乎沒看過新進員工升遷後，成為演講稿寫手的情況。

有時媒體宣傳負責人之中，會有一位兼任特助，或者由宣傳部門主管直接負責，有時甚至會請新聞臺出身的資深記者，擔任演講稿顧問。他們通常多在政黨、政府單位、自治團體，還有公家企業工作，私人企業比較少。

演講稿寫手一詞，在韓國，於二〇一九年五月，第一次被記載在勞動部的職業辭典中。在那之前肯定也有這個職業，只是不存在於書面紀錄上。我很後來才得知這件事，於是向負責人寄了電子郵件，自願接受訪談，將演講稿寫手登錄為新的職業。

說得誇張一點，我可以自稱為登記在韓國職業辭典中的第一位演講稿寫手。雖然之後我沒有特別計算實際數字，但根據我的推測，韓國的全職演講稿寫手，應該有一百名左右。

因為這種職業的特性，這份工作有很多不為人知的困難。比如說，沒有可以稱為同期的同事，也沒有工作性質相同的前輩或後輩，等於少了堅強的後援。總歸一句，就是沒有力量，所以很難發聲。有時會在競爭中失利、沒能升遷，或是從頭到尾，就沒有給你升遷的機會。

雖然任職期間受到保障，但可能每兩、三年就要重新簽約，就算自己沒有犯什麼錯，每到重新簽約的時期，還是會不自覺的感到緊張。

如果特助無法證明自己的專業，就很難保全職位。你得具備其他員工所沒有的業務知識及判斷能力，還要有豐富的實務經驗。

你得經常更新履歷和作品集，時時注意自己的能力是否退步；然而，人類會隨著時間流逝而逐漸懈怠，並習慣固有框架，因此，想做到這點並不簡單。你肯定會開始想要享受與朋友小酌的樂趣，並因此避開公司的聚會，多跟自己喜歡的人相處。

不過，如果特助不參與公司聚餐，反而和公司同事以外的人聚會，或老是自己一個人，別人就會說：「他想成為公司一分子，還早得很呢！」

但是，如果你和同事朝夕相處，卻只會提出了無新意的意見，反倒會被嘲笑：「這種人還叫專家，請他來我們這裡工作幹麼？」而且，說這些壞話的同事，很可能還是昨天晚上和你一起吃飯、喝酒、唱歌的好同事。

在我看來，特助的生存法則，應該是要維持向心力和離心力之間的平衡。向心力，是當物體進行圓形運動時，一股向著圓心的力量；離心力，則是一股向著圓形外衝去的相反力量。

這兩者之間必須保持平衡，它們之間的連結才不會斷裂，物體才能有力的旋轉。特助也是一樣，擁有「本身專業」的向心力，就是你的基礎，但你也必須具備配合公司成員的離心力。這個平衡既艱難又複雜，但只有好好維持住這個平衡，就能在公司裡長久且平和的生存下去。

至於寫作時，也需要維持向心力和離心力的平衡。向心力，就是要觀察自己內在的力量，深度檢視事物或現象。也許平時，我們會忽略心中的小小悸動，但我們應該要為之驚訝。對於身體狀態或情感變化，也要敏銳察覺。

除了喜歡和擅長的事物之外，就連自己的煩惱、不願回首的黑歷史、幼時的受傷記憶，還有野心、眼紅、嫉妒等情感，我們都要一一檢視。清楚知道自己的內在，還有千千萬萬個未曾了解的我之後，再大膽的將這些自我帶到外面的世界，這就是寫作的起源。

除此之外，我們還需要擁有離心力，也就是要去探險，並探索周圍有些什麼。探險，就是不顧危險前往某處，而探索則是多一點貪心，努力去爭取。

與此同時，你還必須**看新聞或書籍，知道現在大眾都喜歡什麼**，甚至要注意電影、電視劇及漫畫的熱門程度。經常在臉書、部落格或寫作平臺寫文章，並定期追蹤大家對哪些事物有高度反應，這些都是寫作人必經的辛勞。

向心力和離心力，對於寫作同等重要。確實知道自己或所屬單位處於什麼位置，便能決定面對外部情況時，該如何反應；反過來說，清楚掌握外部情形，才能更有效率的整理我與所屬單位的立場及想法。

若這兩者不能維持平衡，總是傾向某一方，最終連結將會破裂、離開軌道。如果朝向自己的向心力過強，別人就會覺得「那個人總是這麼霸道」、「只會炫耀自己」、「胡說八道」、「聽不懂到底在說什麼東西」。

相反的，當朝向外頭的離心力太強時，則會面臨「缺乏真材實料」、「說的東西大家都已經知道了」、「太膚淺」、「受不了」等負評。

說到底，如果想要寫出好作品，就要了解自我，並對我以外的事物保持好奇。向心力和離心力，乍看之下，是完全相反的

圖 2-2　維持「向心力」和「離心力」的平衡

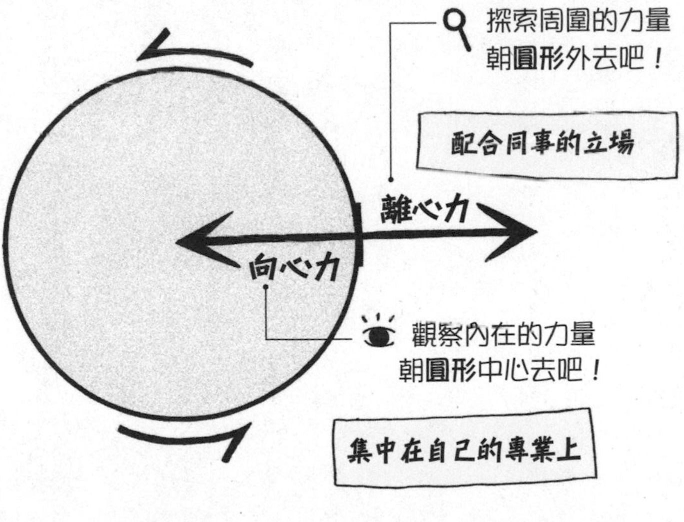

東西，但其實兩者能互補，也是維持旋轉動態的核心關鍵。

想寫出更好的文章，不僅要維持平衡，還得找出在平衡點上該如何施力，才能讓這個圓形變得更大。

第三章

這樣寫，讓人忍不住讀下去

作家精選

你為什麼寫作？我想寫，所以寫。因為生氣，所以寫。因為我希望全世界都懂，所以寫。因為我喜歡紙、鉛筆，還喜歡墨水的味道，所以寫。因為這是我的習慣和熱情，所以寫。因為我害怕遺忘，所以寫……
因為我真的無法幸福，所以寫。因為想要幸福，所以寫。

——《父親的手提箱》（*My Father's Suitcase*），
諾貝爾文學獎得主奧罕·帕慕克（Orhan Pamuk）

1 找個你想學習的對象，從模仿開始

《白種元的胡同餐館》是最近我喜歡的電視節目之一，節目內容是幫忙經營小餐廳的業者，提供問題解決方案。

但是，看節目時我經常發現，沒什麼準備或沒有好好思考過，就投入餐飲生意中的人還真多，不禁讓我滿頭疑問，也感到很失望。我以為開餐廳的人，都對飲食有自己的一方見解，並擁有過人的自信心。

再來，我注意到白種元老師展現出的那股希望協助店主的熱誠，和惺惺相惜的情誼，還有一些真心。雖然，這也可能是根據節目腳本演出來的戲碼。

橫掃韓國各種料理、美食節目的白種元，曾在某一個綜藝節目裡說出，不會煮菜的人有什麼共同點。

第一，不會控制火和油的量；第二，不會量材料的分量；第三、盲目相信人工調味料。這三項綜合起來，就是不懂食譜的人，或是完全不理會食譜的人。他們不懂得要在什麼時候放入什麼東西、要放多少，還抱持著「之後再放一些人工調味料進去，不會難吃到哪去」的心態。

結果呢？不用吃也知道。總是有人端出像是「炸雞泡菜鍋」這種奇怪的餐點，還號稱是創新料理，或是推出「大醬（按：又稱為韓國味噌，由黃豆發酵製成）香蕉奶昔」。

有些人，只是做一道泡菜炒飯，也可以不小心放太多辣椒醬，或是飯放太多，害味道變得太淡；另外，也有些人，除了煎肉都能燒焦之外，荷包蛋的油多到都滴下來，煮個辣明太魚（按：一種鱈魚）湯，魚完全沒有入味，導致湯和魚的味道，宛如平行世界。

看著食譜，就能整理出食材種類、比例和調理順序，食譜等同料理的設計圖。雖然食譜不代表一切，但只要遵守食譜，就能做出大部分人都愛吃的安全牌料理，如果你才剛開始學做菜，或是想嘗試新口味，那麼，按照食譜提供的指示料理，肯定最確實。

又酸又辣的豬肉泡菜鍋，正宗食譜就像下方這樣，雖然可能因個人口味而有些微差異，不過，只要這麼做，就能做出多數人會喜愛的料理：

1. 鍋中放點油，先炒香豬肉。
2. 將切成適當大小的泡菜放入鍋中，加五杯水，煮到水略蓋過食材的程度。
3. 放入蔥花和洋蔥、蒜泥，轉至小火再煮十幾分鐘。
4. 放入豆腐、菇類、青辣椒、蔥花碎、蒜泥、辣椒粉。

而寫文章的祕訣，也和煮得一手好菜非常相似。首先，頭腦和手，都必須了解文章需要什麼，像是該使用哪些素材，以及該怎麼分配順序和分量。

做菜時要知道食譜，寫作時，則要理解寫作的構成要素，這兩者的大原則其實非常相似。只要遵守食譜，餐點味道就不會差；只要符合文章的構成要素，文章就會變成佳作。當然，要煮出好吃的泡菜鍋，重點還是要有好吃的泡菜，如果主要食材不好吃，料理當然就不好吃；同理，文章素材不佳的話，那無論你怎麼編排結構，文章也不會有滋味。

死背文章結構，就能寫出好文章？

有些人抱持著「學了寫作構成要素，就能寫好文章嗎？」的懷疑態度，連試圖去了解一下都不願意。那麼，再怎麼教他們像背數學公式一樣，去記文章結構，比如三段式的序論→正文→結論、四段式的起→承→轉→合、五段式的起始→展開→危機→高潮→結尾，等到他們要寫文章時，就會發現自己無法順利理出頭緒。

的確有可能這樣，因為組織文章的方式，本來就有百百種。有類似專欄、適合書寫短篇理論的PREP結構，也就是重點（Point）→理由（Reason）→舉例（Example）→再次強調重點（Point）。

也有適合描寫事件經過的時間順序結構、開頭和結尾互相呼應的頭尾呼應式結構、大前提↓小前提↓結論的三段式論述結構，以及將個別實例集合起來，找出共同原理的歸納式結構，或列出多個案例的並列式結構。就算把這些東西都背起來了，果真就能實際應用嗎？

是的，我們不需要死背這些文章結構，因為不是背了就有用。**最好的辦法，就是經常閱讀好文章，並練習撰寫，熟悉這些結構的邏輯**。然後，某天你就會發現，自己的文章也在走向好文章的路上。決定一個學習對象，然後試著模仿吧！有一天，你將會很開心的發現，自己的文章也可以適當運用各種組織架構。

雖然有些人批評白種元，只會強迫別人照他的方法做，但是各位要知道，他並沒有自稱為廚師或料理研究者，他說自己是喜歡做菜的餐飲生意人。

也許，將料理視為藝術的人，會著重於發掘新口味和新煮法，但對於要接待客人的一般餐廳而言，做出最多人會喜歡的標準口味，更為重要。

同樣的，演講稿寫手並不是小說家或評論家，而是喜歡寫作、又在公司裡寫作的上班族。與其說他們將寫作視為藝術，不如說他們認為，那是經由勞動創造出來的商品。對他們而言，在必要的時刻寫出總統、部會首長、市長、縣長、董事長、經理所需的東西，才是最重要的，因為唯有寫出來，才能持續賺取生活費。

說不用靠食譜也能煮菜，其實就等於不想煮好菜；說不用學文章組織結構，就要寫作，就代表你認為文章寫不好也沒差。

如果你才剛開始寫作，日後想要持續在公司內外，寫出一定水準的文章，最好讀一次教科書中的文章組織結構方式。在國文教科書中，不時會出現關於文章組織結構的內容，一定有它的道理。

2

寫吧，讓我看看你的「斤喜魅」

一個認識很久的後輩，在年末聚餐時給了我一張卡片。在簡短的句子當中，有一句特別吸引到我的注意力：

謝謝你去年一整年，讓我看到什麼是「斤喜魅」。

當時我心想，該不會又出現我不懂的流行語了吧？於是偷偷搜尋了一下，卻找不到和前後文搭得起來的解釋，所以我一找到機會，就裝作不在意的問了那位後輩。

「啊，對了，其實也沒什麼啦，你寫的那個斤喜魅，是什麼啊？」

「您該不會從剛才就一直想問吧？」

「沒有啦！只是好奇而已。斤喜魅是什麼？應該不是髒話吧？」

「意思是，雖然『斤』斤計較，但還是讓人很『喜』愛的『魅』力！」

原來如此，斤喜魅指的是，雖然斤斤計較、但仍然受人喜愛的魅力。雖然疑惑解開了，但似乎還有一些要問的問題。就這樣說說笑笑，再一瓶燒酒下肚後，我用含糊不清的發音又問了一次。

「可是為什麼是斤喜魅？我很斤斤計較嗎？我真的沒有生氣哦！但是，為什麼說我斤斤計較啊？」

在酒席之間，我趁上洗手間時搜尋，「斤斤計較」一詞並沒有登錄在韓國國立國語院（按：韓國文化體育觀光部下屬的韓語研究機關）的標準國語大辭典中，對應的詞語，反而是大意為「微不足道、不足的、無趣到讓人厭煩」的齷齪一詞。

相似詞還有小氣、無能、小心眼，用英文則可以說是pathetic（可悲）和timid（膽小），大多是負面詞彙，還包含著嘲笑對方的錯誤或弱點的語意。本來是為過去一年畫下美好句號的場合，卻突然聽到這種話，我的心情當然不太好。

心情不好的我，是不是看起來更小心眼了？仔細一想，其實我好像真的很斤斤計較。國中時，我曾走了超過兩公里的路，就為了拿回一支借給朋友的原子筆；我也曾因為討厭等同人生勝利組的朋友，所以在背後說他壞話。

要是同事過得比我順利，儘管只有一點，我整個月都會感到嫉妒；要是我被老闆讚賞，表面上雖然表現得很謙虛，內心其實得意得不得了。

我還曾經在被初戀甩掉後，沒買票就在清涼里站（按：位於首爾特別市東大門區典農洞）隨便搭上一部火車，數不清傳了多少次「睡了嗎？」給她，實在是做盡了丟臉的事情。

如果周圍的人隨便丟出一句「那個我會自己看著辦」或「用不著你管」，我很可能好幾個月都無法釋懷。

我曾經因為沒有一百塊車錢，從漢南大橋一步一步慢慢拖著步伐走回家，也曾經因為喝醉酒在江南站睡到隔天早上。本來說好要平攤的酒席餐費，也曾因為捨不得花錢故作不知，磨磨蹭蹭的慢慢起身、不去結帳。要把我斤斤計較的黑歷史說完，可能要說上三天三夜吧！

「前輩，斤喜魅的重點不是在『斤斤計較』，重點是『令人喜愛的魅力』。」

在我打破砂鍋問到底後，他總算給了我這個答案。接下來，我們到啤酒餐酒館續攤，而對話主題，則很自然的轉變成「斤斤計較的定義到底是什麼」。與席友人各自說出我的小心眼故事，而且越說越小心眼。然而，我只有一次辯駁的機會：

「親愛的法官、陪審團，斤斤計較有這麼壞嗎？世上所有人不都是斤斤計較的嗎？說不定現在大家內心都在算，等一下這攤誰來付，或是什麼時候要起身離開，難道不是嗎？」

大家有點動搖，這是成功的一擊。我把握機會繼續反擊：

「大部分的人，不會刻意展現出自己小心眼的一面，反倒會拚命掩飾。但我不一樣，我不會刻意表現出很厲害、自以為是的模樣，所以才被大家誤會成小心眼。我無法忽視時不時從心底浮現的心思，這些東西是我寫作的源頭，所以，請各位允准我的斤斤計較。」

反過來想想，很酷的人就像冰塊一樣冷冰冰，沒有溫度，就算經歷痛入心扉的分手，可能過了一天就變得若無其事；碰到不合理和沒邏輯的事情，也像機器一樣默默順從。這種人是沒辦法寫作的，因為他們沒有需要寫作的理由。

所謂文章，不就是要盛裝鬱悶、委屈、生氣、丟臉、想炫耀之事物的容器嗎？就是要斤斤計較才能誠實、誠實才能敏感、敏感才能觀察，而經過觀察，才能寫出文章。很多人說，寫作的人都喜歡受人關注，但我會認為可以再加上一點——**寫作的人，大多斤斤計較。**

想把文筆練得更好，就應該更斤斤計較。別人會輕易忘記的小失誤或意外事件，我們要記得長長久久；已經忘記或想忘記的黑歷史，要反覆咀嚼。我們必須誇飾痛苦，彷彿世上只有我一個人難受，如同今天是世界末日一般投入，就算這件事任誰都束手無策，也要多管閒事一點。

為每件事賦予意義，就算覺得委屈，也要不斷檢視過去的日子。但如果這些事都叫做斤斤計較，我很樂意成為斤斤計較的人。

當日擔任假想審理庭法官的友人，發揮了所羅門的智慧，他說：「想要有好文筆的人，無論是誰，都可以比現在更斤斤計較！」

曾經掀起全球寫作旋風的美國作家娜妲莉．高柏（Natalie Goldberg）說：「寫吧，寫出你的心！」我則想跟各位說：「寫吧，打從心底斤斤計較的寫吧！」

3 影集《陰屍路》，藏著寫好文章的祕訣

有一部電視劇，一開始是因為好看我才收看，現在則是憑著一股義氣和傲氣在追劇，那就是創下美國有線臺史上最高收視率的超紅電視劇《陰屍路》，甚至還出了一個專門談論《陰屍路》幕後花絮的綜藝節目《閒話行屍》（*Talking Dead*），而且收視率也在排行榜前十名內。

《陰屍路》描繪在由喪屍主宰的世界之中，倖存者展開的生死之鬥。故事從亞特蘭大（按：美國喬治亞州首府）慢慢轉換到華盛頓，目前則擴張到美國全國上下（按：《陰屍路》確定以第十一季，於二〇二二年劇終）。

二〇一九年十月開始的第十季，敘述倖存者中的領袖瑞克．格萊姆斯（Rick

Grimes）失蹤六年後的故事。這個電視劇很神奇，就算沒有主角，故事還是能夠進行下去。

從二〇一〇年開始播出，到現在也超過十年了，無論是首播或重播，身為忠實粉絲的我，一百多集之中，半集都沒有漏看。某天，我心中突然冒出這個疑問——陰屍路如此長壽的祕訣是什麼？畢竟，以喪屍為主題的作品，無論在這之前或之後，都有不少部，為何只有它如此熱門？

隨手舉幾個比較有名的作品，有《新空房禁地》（*Braindead*）、《二十八天毀滅倒數》（*28 Days Later*）、《惡靈古堡》（*Resident Evil*）、《活人生吃》（*Dawn of the Dead*）、《二十八週毀滅倒數：全球封閉》（*28 Weeks Later*）、《我是傳奇》（*I Am Legend*）、《錄到鬼》（*[•REC]*）和《末日之戰》（*World War Z*）。

韓國則有《屍速列車》、《屍落之城》和《屍戰朝鮮》。雖然這些都是好作品，但如果想成為演上十年的影集，可能還是稍嫌不足。

《陰屍路》是完全照典型喪屍故事走的「傳統大災難」類型，也就是，世界毀滅了，屍體突然醒過來，殘忍的啃咬活人，就算身體的一半都沒了，只要頭沒受傷，就不會真的死去；不過，人只要被咬一口，就會馬上變成喪屍，絕無例外。

這部影集不時變換故事焦點和框架，讓原本容易膩的劇情，變得新鮮有趣。若仔細觀察，每一季都有不同的變化，比如說，第一季的主線是，曾是一名警察的平凡人，去尋找失散家人的感人冒險記。

然而，從第三季開始，就突然變成陷入絕望深淵的人們，不知何時要殺掉變成喪屍的同伴、每天戒慎恐懼的超級恐怖片。當大家已經習慣喪屍的存在後，從第四季開始，電視劇氛圍轉變為倖存者們彼此猜疑、互相背叛、設計陷阱的懸疑驚悚片。

此後，劇情一下子變成倖存者團體之間激烈爭鬥的黑道片，一下子又成為重現人類文明及希望的紀錄片。

大約從第六季末開始，一直到第九季，劇中都藉由道德和價值觀完全相異的瑞克和尼根（Negan）對槓，讓觀眾看到「文明與文明」之間的衝突；雙方的差異僅在於想法上，並沒有任何一方是真正的壞人。

到了第十季，他們重新面臨新的敵人，然後將喪屍當成護盾，披著喪屍的外皮行走。

陌生化：在熟悉的日常中，添加意外的元素

能夠用一個素材，說這麼久的故事，真的不容易。編劇確實保留了《陰屍路》本身所屬的框架，脫離大家熟悉的故事架構、敘述一些陌生的故事之後，馬上又接回原來的軌道。我認為，熟捻此一手法，就是《陰屍路》的專屬魅力，而且，裡頭就藏著寫好文章的祕訣。

人們會被既熟悉又陌生的文章吸引。一開始，要像《陰屍路》一樣謹守基本文法，展現文章的「典型性」，邀請觀眾進入文章；接下來，再突然掏出推翻常識的「意外性」。如此一來，就能讓讀者不感到枯燥乏味，保持緊張的心情讀到最後。

所謂典型性，就像是以「親愛的全體國人同胞」開場，再用「第一、第二、第三」說完主要內容，最後，以「謝謝大家」結尾的文章。眾所皆知，這是經過多次驗證、最安全的敘事方式。

如果適當的將典型性放進文章中，讀者在閱讀文章時，就更容易理解內容。雖然不是很有趣，但優點是，讀者能夠預測文章的走向，使他們一目瞭然。不過，如果

過於典型，可能就會導致文章水準低落，因為作者的想法和呈現手法，從頭到腳都被局限於固定框架中。就算寫得再流暢，如果毫無新意，就不是一篇好作品。

所以，真的寫得好的文章，除了典型性之外，還得同時具備意外性。在嚴謹的秩序之中，如果完全沒有打破框架，就不會被世人銘記於心。

要具備意外性的方式有很多種，其中一個，我們可以從PSY（按：以〈江南Style〉紅遍全球的韓國歌手）的名言中體會。PSY總說：「穿得經典，跳得滑稽。」（dress classy, dance cheesy）意思就是，你要穿著亮麗服裝，厚臉皮的跳著滑稽舞步；一開始人們可能會覺得不知所措，但只要堅持跳下去，他們將會捧腹大笑。

倘若在寫文章時，不時參雜一些笑點的話，文章將會煥然一新，讀來格外有味道。知名作家比爾·布萊森（Bill Bryson），將橫跨全世界、各式各樣的艱難知識，用幽默詼諧的方式闡述，他的文章正是很好的例子。如果你想親自看看，我會推薦各位閱讀《萬物簡史》（*A Short History of Nearly Everything*）或《別跟山過不去》（*A Walk in the Woods*）。

創造意外性的另一個方法，就是鎖定熟悉的日常，並深入挖掘其中蘊含的意義，用自己的方式重新發現，在文學理論中，這叫做「陌生化」（Defamiliarization）。

韓國小說家金薰的作品《煮泡麵》，就將意外性發揮得淋漓盡致，不過只是煮個泡麵，竟能如此認真的討論起生命的本質，這樣的作家，在韓國可能沒有幾位。我讀了幾行字句，不禁大為讚嘆。

> 煮泡麵時，最重要的就是讓湯汁和麵條的滋味變得協調，這非常不簡單。通常，泡麵的湯會剩下一半，然而，湯頭會滲入麵條，決定整體口味。湯的味道必須滲進麵條裡，麵條的麵粉，卻不能流進湯汁中，這是很高難度的技術……泡麵之路，還有待練習。

前面藉由《陰屍路》探討過的寫作祕訣，若要用一句話整理，就是「反覆與改變」。**優質的文章，要照著經過驗證的模式走，但也別忘了加入新鮮的資訊**。就像走鋼絲一樣，這個技巧既複雜又困難，要足夠熟練，才能寫出好文章。

4 用一句話，概述核心或主題

「那個人什麼都好，不過好像就是少了一點什麼！」

這就像是，原先你以為門後是一隻凶猛的老虎，結果最後卻看到一條小蛇。換句話說，就是虎頭蛇尾、沒有後勁。少了的「那一點」，就是所謂的關鍵一擊。

在演講稿中，也有所謂的關鍵一擊，也就是希望聽著聽到這句話之後，會不禁鼓掌叫好、希望至少這句話，能在聽眾腦中留下印象。西方媒體常用 soundbite（妙語）一詞，代表可以簡短擷取、使用的重點。

韓國前總統金泳三高喊一句：「就算雞的脖子被扭斷，依舊會贏來明日的曙光。」犯罪現場的目擊證人說一句：「下雨天，穿著紅色連身裙。」網友質問：「所以DAS到底是誰的？」（按：因韓國網友質疑前總統李明博之DAS公司弊案，而促成的流行語）這些都是所謂的妙語，就像是明明想被揪出來，卻又偽裝成尋寶遊戲的小紙條一樣。

當然，也有可能你精心設計了妙語，大家的反應卻不如預期。有時候，明明你覺得「這句就是重點！」、「真是太有才了！」的內容，全部都得擦掉重來。明明你已經做過交叉比對，所以真實性和邏輯全都沒問題，可是，聽眾卻覺得演講者說這些話好像不太適合，或是讓他們沒共鳴。這時候，就要深呼吸，重新寫一遍。

找出演講者的聲音，是演講稿寫手的宿命，這比寫作要困難上幾百倍。因為每個人的呼吸和節奏，甚至是常用的話都不相同，他們會受成長背景或經歷影響，而使用某些特殊單字或語氣，也有自己經常引用的句子。

如果他有出書，就要把那本書讀到滾瓜爛熟，但如果他不是政治人物，可能就不會有什麼作品。

有些演講者，在起頭時，會說：「這是我小時候，也就是一九六〇年代末的事情……」有些人則會用「一九六〇年代時……」的精簡方式說話；也有人會說：「美國史丹佛大學教授、著名能源專家東尼・賽巴（Tony Seba）……」像這樣平鋪直敘的介紹專家。

另外，也有講者會添加故事性，戲劇化的說：「我本來是這麼想的，然而，看了賽巴教授在《重新思考能源二〇二〇～二〇三〇》（*Rethinking Energy 2020-2030*）分享的見解後，我又重新思考了一次。」

有些人說話既具體又直接，也有人喜歡既迂迴又親切的敘事方式。有的人很主觀，喜歡用幽默的比喻，或加入一些小故事，也有人喜歡用統計或數字，以某個邏輯為中心來敘述事情。

如果想找出這些細微的差異，就要和當事人變得親近，並在近處觀察他的語氣或想法。然而，很可惜的是，在現實生活中，演講稿寫手大多沒有這樣的機會，和當事人一對一對話。

不僅是演講稿，在寫各式文稿時也需要妙語。無論是放在前面、後面還是中間，**至少要有一個令人印象深刻的句子和重點，也就是，要有能夠概括全文的短句。**少了這個，讀者很可能就會說：「看是看過了，但是記不太起來看了什麼。」

讀者們剛開始讀文章時，大概也會不自覺的期待那個關鍵一擊。就算作家有條有理、從容不迫的陳述事情，讀者仍希望在某個瞬間，可以讀到一針見血的觀察。

主管最喜歡部屬用一張A4紙，簡單說出「第四次工業革命（按：工業革命的第四個階段，為人工智慧、奈米科技等諸多新技術融合所帶動的數位革命）推動策略」、「Y世代（按：又名千禧世代，指一九八〇年代和一九九〇年代出生的人）消費趨勢」等，原本用兩個小時都說不清的主題。其實，他就是要你拿出關鍵一擊。

想寫好文章，你就必須用一句話，概述核心或主題，而想創造出這句話，就需要持續拋出「所以呢？」的提問，並和這個提問不斷爭辯下去。

像詩或小說這類文學作品，即使寫作的目的有些曖昧，甚至模糊不清，仍有機會獲得不錯的評價。但是，商務寫作需要筆者展現有邏輯的一面、整理現況，主題和目的都要非常明確。感動、資訊、趣味，你的作品裡，有這樣的關鍵一擊嗎？

5

文法正確是基本，錯了就零分

「太嚴格了吧？」

「你是國文老師嗎？」

「聽得懂就好了，幹麼那麼誇張？」

用錯文法、還大言不慚的怪人真的很多，他們經常說著又像藉口、又像建議的話，甚至還有人說，未來人工智慧等科技，會自動幫忙校正文法，所以他們告訴我：「反正意思有通就好了。」

仔細一找，餐廳招牌、公司宣傳手冊、海報、廁所裡的靜思語、網站橫幅、群組對話，甚至是新聞報導中，也充斥著各種文法錯誤的句子。又不是不熟悉文字的小學生，已經過了四、五十歲的副理和經理，如果還不知道哪邊文法寫錯了，問題真的很大。

有時候，會看到一些經常寫作的名人寫錯字、用錯文法，本來很尊敬他們的心情，也會一下子消逝得無影無蹤。

我們要確實區分發音相似、但意思完全不同的單字，像是反應／反映、不准／不準、必須／必需、竟然／盡然等。

除此之外，在網路上也很容易看到「在再不分」、「因應不分」、「劵卷不分」，或是「地、得、的」亂用的情況。

然而，除了錯字，其實還有一個嚴重的錯誤，就是過於累贅的句子。如果用了過多不需要的詞語，導致文章越寫越長，會讓讀者很難閱讀，例如：

「每個禮拜一都會請人來進行消毒。」（×）

「週一固定消毒。」（○）

「棒球投手做了一個準備的動作。」（×）

「投手正在準備。」（○）

也有一種情況是，受詞有數個，但使用的敘述詞，卻不能適用於所有受詞，例如，「吃蛋糕和咖啡」不成立，因為咖啡要用喝的；「加強溝通與徇私舞弊」語意亦錯誤，因為徇私舞弊和溝通不同，不能「加強」，而應該「嚴防」。

一篇好文章，組成句子的各個單字，應該和符合文意的字詞連接，放在正確的位置，才能發揮它的效用。

在日常生活中，無論是走路、聊天，甚至是看新聞或讀書時，都能看到寫錯字或不符合文法的字句。就連知名的韓國S公司、L公司、P公司（按：作者並無公布實名，僅以縮寫帶過），官方網站的「執行長的話」頁面中，也能看到不少錯誤用法。如此有名的大公司，真是可惜了。

雖然我沒有資格要求人家這樣「紮」做，也不想因為糾正別人，被罵是一個「LKK」（老古板），但我還是會擷圖，「在」寄到該公司業務信箱。經常使用這類句子，只會讓人對你的「幸」賴度大減。

避免錯別字和錯誤的詞語，是很重要的事情，你不可以想著「有做到很好，錯了就算了」，因為，如果連基本格式都未達水準，大家就會懷疑你的內容是不是也很糟糕。我確實沒有看過句子寫得亂七八糟、文章內容卻很優秀的例子。不要寫文法錯誤的字句，請遵循正確寫法吧！

6

把文字唸出聲，潤稿就完成

一九九八年以女子團體 FIN.K.L 出道的歌手李孝利，一開始是偶像，後來轉型為創作型歌手，現在在大眾心中，則是有自己想法、成熟、代表自然主義的流行文化領頭羊之一。

她在社群網站上傳近況，會引起大眾熱烈的反應，她和丈夫李尚順原本居住在濟州島涯月邑召吉里，那個村莊也在短時間內，成為熱門的旅遊景點（按：因為太受歡迎、受到遊客騷擾，他們已賣掉該房，搬離召吉里）。

她不常在社群網站上傳照片，頻率少到每次發文，等同是在告訴大家「我還活著」、做生存確認罷了。在為數不多的照片中，可以看出她已經和二十多歲時，那個性感又魅惑人心的風格相差甚遠。

李孝利的貼文，內容以瑜伽、寵物、化妝、自然、料理等日常生活為主，其中，最吸引我注意的是她讀書的模樣。不沾一點脂粉的純樸臉龐，坐下來翻書的姿勢，看來既自然又舒服。

後來，再次看到她，是在二〇一九年由韓國電視臺JTBC播出的《Camping Club》中。某天轉電視時，偶然看到這個節目，好像是FIN.K.L解散十四年後，首次全員參加的節目。

我很開心能夠看到另外三個成員——李真、成宥利、玉珠鉉一起出現，看到她們也和我們一樣有了歲月的痕跡，一方面也覺得有股親切感。成宥利還是一樣漂亮、玉珠鉉變得更健康、李真可愛又親民。

在節目中，她們走訪許多韓國較不為人知的自然景點，像是江原道（按：位於朝鮮半島中東部）麟蹄郡的院垈里樺樹林、全羅南道（按：位於朝鮮半島西南端）新安郡的羽田海水浴場、忠清南道（按：位於朝鮮半島中部西南邊）泰安郡的新斗里海岸沙丘，還有仁川（按：位於韓國西北部的廣域市）蘇萊溼地等。

某天早晨，李孝利說要大聲朗讀一篇詩作，要大家好好聆聽，還不忘介紹，這是她以清晨時分感受到的情感，所寫成的作品：

> 早晨讓鳥兒唱歌，風讓樹木舞動，
> 高掛的太陽讓綠葉成長，晚霞讓眾人美麗。
> 因為有我，才有了你；因為有你，才有了我，
> 所以別放肆。

李孝利認真的朗誦完這首詩後，「喔，還不錯耶！」、「什麼嘛！孝利，很好笑耶！」、「這是今天節目的風格嗎？」成員們反應不一。有人說，詩中最後一句「別放肆」，發音和給人的感覺都有點太強勢了。

「哦，是嗎？有點不好嗎？還是修改一下？『別亂來！』怎麼樣？」聽到成員們的評語，李孝利現場立刻改起最後一句，而且似乎對修改後的字句很滿意。

李孝利的這個動作，其實和**寫作最後一個階段——朗讀，非常像。很多人認**

為，唸出聲是小孩學說話、寫字的訓練方式，但其實並不盡然。**寫完文章後，若不將文字唸出聲，很難知道句子寫得好不好**。與其用眼睛讀，同時運用嘴巴、耳朵和眼睛的感覺，反而能找出更好的寫法。

文字，本就是為了成為話語而存在，我常常在寫的演講稿更是如此。從前，要在正式場合說的演講，一定要寫得很正式，然而，最近我也會故意用一些比較輕鬆的語氣，如此一來，既能讓聽眾覺得親切，還給人彷彿在和演講者對話的生動感。

包含演講稿在內，所有的文字，光是朗讀一遍，就能讓文章變得更有水準。唸出聲，平時容易忽略的「文字韻律」，你就能聽得更清楚。比如，哪些部分不自然、哪些要更強調、有更好的寫法，或是哪些內容要刪除，以及在讀者心中，會產生什麼樣的反應，這些在唸過之後都可以抓出來。每一個單字、每一個符號，都會給人不一樣的節奏感。

當你將文字唸出聲，寫作中最難的潤稿就變簡單了。假如你今天寫完一篇文章，請不要就此停筆，記得明天要把它唸出聲。這麼一來，你一定會發現唸不太順、或容易卡住的地方。

有些人會說，都已經唸了好幾遍，還是不知道該修改哪些地方。其實，**只要是你朗讀起來很不順、老是卡住的地方，就是該修改的字句**。好文章唸起來很輕鬆，所以，唸起來很輕鬆的文章，就是好文章。

7 文章完成了，第一位讀者是誰？

「我畢業於五山高中（按：位於韓國首爾龍山區的高中）。」

當我這麼說時，很多人會反問：「所以你是從京畿道烏山市（按：烏山的韓文音同五山）搬來首爾的嗎？」

「不，我住在首爾龍山區漢南洞那一帶。你問我漢南洞在哪？嗯，在梨泰院（按：首爾龍山區著名商圈）旁邊，順天香醫院那裡。」雖然現在，漢南洞算是韓國人都知道的地名，但在二〇〇〇年代初，漢南洞其實還在成長中，鮮為人知。

門前有潛水橋（按：一種穿越河川的橋梁）的五山國中，和五山高中並聯，巧妙的將江南和江北連在一起。如今，這塊地已經是重新開發過的黃金地段，五山國中、高中的學生，有一半是在漢南洞三區土生土長的居民，四分之一住在普光洞和玉水洞，剩下的就是從盤浦洞和論峴洞來的（按：以上街區皆位於首爾）。

藝名為HAHA（臺灣也稱哈哈）的藝人河東勳，就是從江南來就讀五山高中，是我的同校同學。不過那時我們不太熟，我讀三年一班，他則在四班。

在學生時期，我最熟悉的一號人物，是創立五山學校的韓國獨立運動家李昇薰，第二個是日治時期的朝鮮詩人金素月，第三個則是獨立運動家咸錫憲。去學校福利社的某一條路上，有一座咸錫憲的銅像，當時我只覺得他是一位穿著端正韓服、留著大鬍子的可怕爺爺，後來才知道，他是這所學校的第十一任校長。

他既是宗教人士，也是思想家、人權運動家兼詩人。離開學校之後，我在大學路（按：位於首爾鐘路區的韓國特色文化藝術街）上的馬羅尼矣公園裡，從詩碑上再次看到他的痕跡。從四號線的惠化站一號出口出來後，往肯德基的方向走約十步，就能看到左邊有一個巨大的石碑，上頭雕刻著詩文，標題是〈你有那樣的人嗎〉。

踏上萬里路時／可以放心／將妻子託付的人／你有那樣的人嗎／即使全世界拋

棄了我／內心孤獨時／理解你的心情並相信你／你有那樣的人嗎／當船要沉沒時／還能互相禮讓對方乘上救生艇／說著「至少你得活下去」／你有那樣的人嗎

讀這篇詩，也許會好奇那個人究竟是誰，可以把妻子交給他，還要禮讓對方，讓他先搭救生艇，對於當時剛滿二十歲的我，滿腦子只想著「今天來聯誼的會是怎麼樣的人」，盡是充滿粉紅泡泡的想法。假如那天，真的來了我喜歡的類型，那我好像也能把我的一切都給她。

第三次接觸到咸錫憲，是在結婚之後。那時，我不斷搬家，最後從漢南洞搬到了水踰洞（按：位於首爾北邊的江北區）。聽聞小恐龍多利（按：韓國卡通人物）博物館開幕，帶著孩子們一起去參觀之後，途經附近的咸錫憲紀念館，進去一逛，再次看到〈你有那樣的人嗎〉這首詩作。

所謂那樣的人，對剛開始談戀愛的人來說，就是情人，對於民族鬥士而言，大概就是國家了。

而我想，對寫作的人而言，那樣的人可能就是第一個讀者吧？可以將作品拿給他看、也想要將作品交給他看的人。那個人如果也會寫作，那當然很好，但不會也沒關係。這個人足以讓我相信，無論給他看了什麼，他都不會情緒化的嘲笑或無情的批評，而是給予溫情和希望。

你的第一個讀者，可能是家人或朋友，也可能是公司的前後輩或同事。不過，在現今這個數位化時代，搞不好是你在臉書上認識的某個人，或某個群組聊天室的人，甚至，說不定那個人就是你自己。

但是，**如果可以的話，第一個讀者最好不要是自己，而是可以親眼看到、接觸到的讀者**。那樣才能互相對話，並觀察他的反應。

對村上春樹而言，那個人就是他的妻子。若他的妻子指出缺點，無論他覺得那篇文章寫得再好，也會盡力修改或重寫那個部分。他也有想反駁的時候，但他說，只要再修改一次，就會發現文章確實變得更好看，所以，也沒什麼好覺得委屈的。村上春樹，果真是一名男子漢。

我在寫演講稿時，一定會請第三者幫忙看稿。而且要找一、兩個和這篇文章沒什麼關係，卻仍能大略理解字裡行間之脈絡的人。如果他覺得文章不自然，老闆當然也會這樣覺得，聽演講的員工也會摸不著頭緒。該怎麼說呢？這大概就像是，先用石蕊試紙沾測試溶液、做檢驗的感覺。

想到再過不久，就要將這本書的初稿拿給妻子看，著實讓我感到煩惱。給她看了之後，可能會得到很多種反應。她可能會捏著我的臉，大大稱讚一番，也可能皺著眉頭，說：「嗯，這麼說不對吧？」

雖然不知道她會怎麼說，但肯定的是，她絕不會漠不關心或大肆批評我。我最有把握的是這個反應：「哇！真的把它寫完了啊？太了不起了！」雖然聽起來不算什麼，但我會因為這句話而感到高興與自豪，這就是寫作的滋味。

好好將文章架構建立起來，放進關鍵一擊，確認文法和用詞遣字有無謬誤，大聲朗讀幾次後，就做好該做的基本功了。現在只剩下最後一步——去找那個人，祝你幸運！

第四章
連我這樣的高手，都有「寫不出來」的時候

作家精選

不是我想把寫作當成職業，而是因為在落後的鄉下，或是最髒亂的地方，偶爾過去看看，分明會發現有趣的地方，還能學到意料之外的事情。
那年夏天，和他們一起的記憶，直到如今，依舊是滋養我想像力的養分。

——《失意錄》（*Hand to Mouth*），
美國作家保羅．奧斯特（Paul Auster）

1

寫不出來？去總統府找靈感

我有一個朋友，無論你問他什麼，他都有辦法回答出來，個性很成熟。他的綽號叫題庫，因為他不費吹灰之力，就考上了首爾大學；他像哆啦Ａ夢的百寶袋一樣，擁有各式各樣的知識。

有時候，當我在寫演講稿，卻毫無靈感時，偶爾也會想著：「要是我也有一本祕密筆記，那該有多棒？」我在文字森林裡迷路了好一陣子，最後找到那個幫手了，那就是——韓國總統紀錄館網站和青瓦臺官方網站。

總統紀錄館裡，有歷屆總統的演講稿，資料分門別類整理得很清楚，裡頭可以看出各個時代的大方向。演講稿的主題類型分為整體國家政務、政治、社會、產業、經濟、外交、商業、國防、環境、科學技術、文化、體育、觀光等。只要輸入特定關鍵字，就能輕鬆找到想要的資訊。

這裡總共有六千七百多筆談話資料，皆可依想要的類型篩選。光看「就任誓詞」中稱呼「國民」的寫法，就能發現各個時代有些微差異。

從一九四八年，李承晚總統就任，一直到一九六〇年代初，「國民」一詞，幾乎被完全省略，或者改以「各位同胞」稱呼。有時候，甚至沒有任何招呼，而是直接下達總統的指示項目。

「三千萬同胞」一詞，在一九六〇年代首次出現，到了工業化和嬰兒潮世代（按：在韓國，指一九五五年至一九七四年間，韓戰過後出生的新生兒）後，變成了「六千萬海內外同胞」。至於，在國民兩字前面加上「我敬愛的」這個形容詞，則要等到二〇〇〇年初期。

從這一句習慣性的發言，也能夠看出人口統計學的變化，以及總統看待國民的方式和立場差異。隨著韓國的國際地位和政府角色改變，總統就任誓詞中所蘊含的時代精神，也從法律與秩序，轉換成國防、外交、經濟、產業，以及國民的幸福與對話，這是一個很有趣的現象。

在青瓦臺官方網站上，可以看到現任總統的發言和文字。在「總統的發言和文字」告示板中，除了有三一節（按：紀念韓國獨立運動三一運動的節日）、韓國光復節（按：每年八月十五日，紀念二戰期間對日戰爭勝利）、顯忠日（按：每年六月六日，悼念韓戰及其他戰爭殉職者的紀念日）等國家紀念日的紀念致詞，還有為了二〇一八年冬季奧林匹克運動會奪下金牌的選手，所寫下的祝賀詞，以及安慰遭遇事故之國民的發言。

另外，新年第一天和農曆新年、中秋等民俗大節日，以及國際婦女節、海洋日、貿易節、警察節，也一定會致詞。

受到全球矚目的板門店宣言（按：北韓最高領導人金正恩與南韓總統文在寅，於二〇一八年南北韓高峰會後簽署的宣言）和晚餐歡迎詞，也在媒體公開當天，上傳到青瓦臺告示板。一週大約有三、四篇文章，想全部看完也不至於令人覺得吃力。

總統發言的另一項優點，就是免費。不需要考量智慧財產權的問題，任誰都可以隨時搜尋歷屆總統的發言。光是看這些內容，就可以知道當時海內外的重大議題和趨勢，不需要翻找新聞或歷史書籍。

如此一來，為了寫作而購買書籍的錢，大概可以減少一半，也能省下上網找參考資料的時間。對了，我現在不是在談政治，而是談寫文章這件事。

最吸引人的文字——簡單、有韻律、有溫度

近來我奉行的幾項原則，就取自前任總統文在寅（按：於二〇一七年上任）的發言稿中。第一，他的稿子，和過去幾任總統相比，更為簡單。他盡可能減少使用專業用語，不把話講得太難懂；舉例來說，他在說明人工智慧的用處時，舉了這個例子：「獨自在家跌倒的老人家，可以對著智慧音箱喊『救命』，而這道訊息，會自動連接到撥打緊急電話，進而拯救寶貴的性命。」

談到勞動的價值與尊嚴時，他說：「積在父親指甲縫的油垢，支撐著生活；母親指甲下的泥土，則讓希望像穀物一般成長。」不僅如此，他還會利用數字，支持不夠強烈的論點和事實。由此可以看出，他努力維持理性和感性間的平衡。

第二，他的稿子比較「有韻律」。他的發言稿，會適當安排長句和短句，而且每一句的前後連結都相當穩固。如果這個句子很長，那麼，下一句一定會減到最短。這些各不相同的節奏，在句子裡相遇，產生出韻律，也有速度和長短拍子。觀眾聽著聽著，也會不自覺的鼓起掌來。

文在寅的發言和文字中，類似「燭光很偉大」（燭光集會一週年）、「那就是愛國」（顯忠日）、「人工智慧是人類的伴侶」（到訪人工智慧會議）、「今日的我們不是昨日的我們」（光復節）、「我們不會再輸給日本」（國務會議）這樣的短句，一定會在長句子之間穿插上三、四個。

第三，他的文字具有溫度。在「長津湖戰役（按：中國人民志願軍介入韓戰後發起的第二場戰役，又稱抗美援朝第二次戰役）紀念碑獻花詞」中，文總統說自己是失鄉民（按：過去生活在北韓，但因韓戰爆發，再也回不去北韓，而在南韓定居的居民）的兒子。不遮遮掩掩，大方說出事實，反而會讓文字的生動度更上一層樓。如此一來，在文字裡注入情感，演講就變得更有立體感了。

為了讓文字有溫度，有時候，我們必須捨棄自己習慣的寫法。例如，**文在寅不**

會使用最常見的「謝謝」，反而會寫：「一顆聖誕糖果裡，有著溫暖的心意。」這是在過去歷屆韓國總統的演講稿中，很難見到的新嘗試。

接下來，是文章裡的「真心」。要寫自己相信、知道、做過、真的想告訴別人的事情。如果自己都有點懷疑、不太確定，或是說了也沒什麼益處的內容，還堅持要寫進去，那只是在浪費讀者的寶貴時間。

開會時，經常看到有些人，其實也不是真的想問，但因為其他人都發問了，所以基於義務感而發問。因為不是真的好奇，所以問出來的問題，內容貧乏、沒有深度。而且，既然發問者不是真的想知道答案，所以，對方也就不會認真回答。

其實不太想寫，卻又勉強寫了文章，也是這種感覺。文章要寫，但又覺得很煩，就懶得準備；然後，因為沒準備，所以沒什麼可以寫的；最後，因為沒什麼可以寫的，主題就變得很模糊，只用模稜兩可的內容，勉強填滿紙張，越是這樣，文章的脈絡就越來越混亂。

如果文字間缺乏真心，寫作手法就會越來越模糊。好比用「可能會～」、「會覺得～」、「據說～」這種模稜兩可的說法，寫了好幾句，或是過量引用諺語或專家的發言。偶爾看見這類文章，也會讓我感到既煩躁又疲憊。

想要寫好文章，至少要有一個「想寫得和那篇一樣」的崇拜目標。我身為演講稿寫手，經常與總統演講紀錄館和青瓦臺演講稿為伍；對你來說，這個目標也可能是喜愛的文學作品、電影經典臺詞，也可能是歌詞。

只要有了自己想寫的目標，光是這樣，就足以讓你的文字改善很多，原先打結的地方，一下就能理清。找出幾個當你寫作疲乏之時，可以去尋寶的地方吧！

圖 4-1　查閱臺灣歷屆總統演講稿

臺灣的總統演講稿，哪裡找？

於國史館的查詢系統中，可以閱覽歷屆總統的演講稿。點擊想要查看的總統名稱後，點選「提供方式／地點」項目後的「數位檔／線上閱覽」。訪客可以依照螢幕上的指示解除圖像鎖定，或是依規範註冊帳號後查看。

國史館檔案史料文物查詢系統

2 下筆時，要開兩個檔案

無法準時寫出文章，是一件非常可怕的事。我不知道會不會需要加班、週末是否也要上班、預定的休假說不定也要取消，甚至，我的職位也可能被別人取代。到目前為止，我都會盡力交出稿件，但光是想像交不出文章的情況，就會讓我的心臟差點跳出來。

突然寫不出文章的現象，叫做「寫作障礙」（writer's block），這可是足以威脅演講稿寫手生存的危險事件。

要突破此障礙的第一個方法是數位檢索。我在NAVER（按：韓國最大搜尋引擎）應用程式首頁主題或Google快訊（Google Alerts），設定有關企業或執行長的關鍵字提醒。這兩個都是免費的，適合所有人使用。

點入NAVER入口網站後，可以選取經濟、書籍、文化、健康等主題，亦可隨使用者喜好新增主題或改變出現順序。如果你有經常搜尋的關鍵字，還可以設定在首頁畫面的「立刻連結」之中，非常方便。

Google快訊的功能則是，當有出現設定關鍵字的新聞，就會自動發信到你設定的信箱。只要在Google或入口網站搜尋「Google快訊」就可以了。

你還可以設定發信頻率，像是一天只發一次所有報導，或是每當報導出現就發一次信。若有幾篇類似的新聞，你可以先看比較主要的報導，當你需要詳細內容時，再繼續查看。

第二個，則是使用原始方式蒐集資料。雖然有點麻煩，但更有用處。我在寫作時經常會開兩個檔案。為了方便說明，一個我稱為「要用的稿」，另一個稱之為「不要的稿」。

這是因為，我要把與我現在要寫的文章不符的資料，通通蒐集在一個地方。蒐集得越多，將來越有可能變成藏書豐富的專屬圖書館。

有人問我：「不要的東西，為什麼還要另外蒐集起來？」其實，不是這樣的。為了不要破壞目前的文章脈絡，所以才暫時不使用這些資料，不過，這些仍是我左思右想、特別蒐集起來的資料，裡頭含有精闢論述和少見案例，如果放在別的文章裡，一定能夠發揮其價值。

在寫這本書的同時，我也拋棄了很多的文字。寫「演講稿寫手認為文字就是商品」這個主題時，我還另外整理出滿滿的「演講稿寫手歷史沿革」；談論「必須孤獨、窘迫才寫得出來」這個主題時，也曾經延伸談到韓國導演奉俊昊的作品世界，刪除整個段落的情況更是不計其數。

雖然感到可惜，但還是要毫不猶豫的捨棄。別因為「不要的稿」中被丟入滿滿的資料，就覺得自己白費力氣而感到自責。你可以先幫這些不要的文章修掉冗詞贅句，日後必定會遇到必須寫下「演講稿寫手的歷史沿革」、「奉俊昊導演的作品世界」等主題的時刻。

如果能在這些資料之中，偶然找到適合的段落，這大概就像是挖出很久沒穿的衣服，衣服裡竟藏著一張皺皺的百元鈔一樣，肯定很令人開心。

圖 4-2　利用 Google 快訊找素材

圖4-3　寫作時要開的兩個檔案

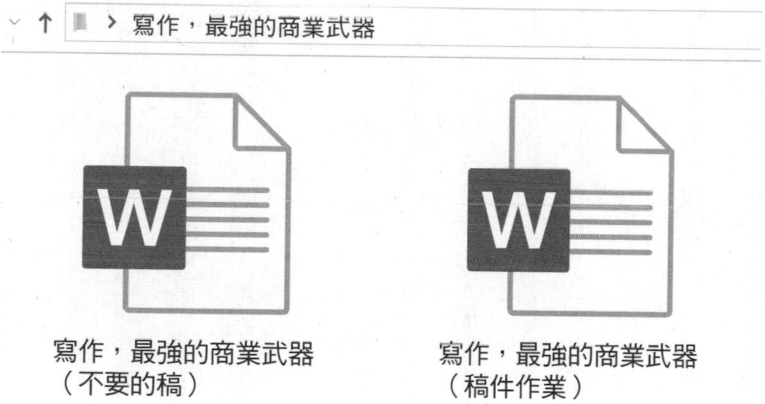

素材上傳雲端，需要時搜尋關鍵字

村上春樹將他尋找文字素材的方法，比喻為：「在名為頭腦的抽屜中，找尋需要的物品。」如果有什麼奇怪的事件現場、謎一般的事件，或是雖然微不足道，背後卻蘊含著人生祕密的故事，他會將這些內容蒐集起來，按時間、地點、氛圍分類，一件件收藏在腦海中的櫃子裡。

他說，之後寫小說時，就會想起：「對了，有那個啊！」然後拍拍上面的灰塵，組裝起來，把素材放進大框架中，整個故事就這麼完成了。有人問他：「你只是記在腦中，要是忘記了怎麼辦？」他回答道：「如果我會忘記，那就代表不怎麼重要，所以沒關係。」這個問題問得並不好，村上春樹的回答反而高明許多。

當然，村上春樹沒有截稿日期要趕，像我一樣領人薪水、每天得固定寫出東西的人，就沒辦法這麼大膽了。

我每天都深怕自己找不到資料，戰戰兢兢，因此，我得另外設一個資料夾，把不要的稿都蒐集起來，才有辦法安心。現在，我將資料存在雲端上，之後如果需要找資料，無論我在哪，都可以利用關鍵字搜尋，實在方便很多。

第三個方法，則是把自己當成粉絲，做一個業主的「經典語錄」。我會在Excel檔案裡整理業主的發言，可以的話，盡可能把「何時、何地、說了什麼話」都原汁原味的寫出來，比如，該演講者習慣用哪種語氣，或是有什麼口頭禪，都可以保持原樣、直接記錄下來。

零零散散的發言紀錄，若可以分門別類的整理在Excel檔案裡，也會成為寫作的寶貴資產。

數位檢索、不要的文字資料庫、經典語錄，一直以來，我都利用這三個方法，在期限內盡全力完成有一定水準的稿件，也因此，幾乎都可以在凌晨十二點前下班，運氣好的話，還可以在睡前喝杯啤酒。

只要遵循這些方法，就算有時候寫得不太順，也絕不會在截稿之前，還交不出稿件。

3

只要給我錢，就寫得出來

最近在韓國寫作領域中，最特別的作家，就是李瑟娥了。雖然比我年輕，她仍有很多值得我學習的地方。

她在二〇一八年二月創立《日刊李瑟娥》，是嶄新型態的線上雜誌，一天只要五百韓元（按：全書韓元兌新臺幣之匯率，皆以臺灣銀行在二〇二二年一月公告之均價〇．〇二一元為準，約新臺幣十元），一個月約一萬韓元（按：約新臺幣兩百一十元），她就會用電子郵件，寄她寫的隨筆散文給你。

看到李瑟娥募集讀者的宣傳海報後，我實在大吃一驚。海報上斗大的幾個字說著：「雖然沒人委託我寫文章，但每天我都會寫點東西寄給你。」一開始，我想，這不過是二十多歲年輕人稚氣未脫的玩笑，但沒想到的是，寫作市場對李瑟娥的反應竟非常熱烈。原本看似很快就會告終的「自行連載」企劃，居然持續了兩年多。

一開始，她只是因為想還學貸，才創立這個企劃，結果卻大獲成功。我也訂閱了兩個月左右，然後，出於好奇和嫉妒心，我也創立了屬於自己的《週刊泰日》。

《日刊李瑟娥》的主題，就是由李瑟娥本人，以率直的文筆談自己的故事，她曾是裸體模特兒、寫作教師、雜誌社記者。故事的主軸，放在她的母親福熙，關於她本人的私密故事，以及外公、外婆的年輕時期也能從文章裡窺探一二。

我的《週刊泰日》就是以此為原型，但是主題為「由演講稿寫手傳授的寫作祕笈」，不過，這個主軸似乎有些問題。我努力寫出內容，卻不太有趣，不過既然都開始寫了，憑著一股拗勁，我仍覺得要再多試試看，就一直寫下去了。

我以半拜託、半威脅的方式，請值得信任的友人閱讀，甚至乞求大家花錢訂閱。看我可憐、願意幫我加油的三十位友人，每個月匯給我約三千（按：約新臺幣六十三元）到一萬韓元（按：約新臺幣兩百一十元）的訂閱費，加起來稍微超過十萬韓元（按：約新臺幣兩千一百元）。

本來只想上傳純文字的文章，但感覺有點無趣，所以我也有參考其他寫作平臺。當時，我第一次加入Brunch的會員，發現它的介面真的很不錯，不過，它畢竟不是以讓創作者賺錢為主的平臺，所以無法區別付費和免費讀者，這點比較可惜。

至於我，因為已經親自收下了訂閱費用，要退費也不是，所以不得已的接受了付費讀者的文章邀約，就像駐唱歌手接受點歌一樣，持續寫著他們希望我寫的主題。日後，我的演講稿寫手文章，好像越寫越嚴肅了，於是我改用「漢南洞原住民」這個名字，隔週穿插關於自己故鄉的故事。

其中一篇文章——〈李在鎔（按：三星集團前執行長的獨子，現任三星集團、三星電子副執行長）為什麼住在漢南洞〉，在短短不到一週的時間內，就累積超過九萬六千次的點閱次數。占據我的熱門文章排行榜的，不是演講稿寫手相關文章，而是以漢南洞為主題的內容。這讓我認真思考，是不是該更換走向了。

一天數十次的通知，告知我那篇文章又打破了點閱紀錄，真是搞得我暈頭轉向。比起認真寫的文章，讀者反而更喜歡純粹為了有趣而寫的文章，真是諷刺；這又讓我再次深深感受到，我想說的話，和人們好奇的故事，這兩者可能是不一樣的。

我後來送了數位兌換券，給訂閱三個月以上的付費讀者作為謝禮，公司之前給我的電影優惠券也送人了。就這麼幫讀者寫出他們想要的文章後，逐漸的，我發現每個月的作業量實在變得太多，雖然訂閱費用確實有收到，但如果認真計算成本和收入，那結果當然還是赤字。

每週準時交出文章的壓力也不小，為了配合星期三的截稿日，我也曾經熬夜、請假。

有時，周圍的人會問我：「根本賺不了錢，為什麼要這麼辛苦呢？」想要給出漂亮答案，就不得不引用英國探險家喬治・馬洛里（George Mallory），被問及為何要攀登聖母峰時，所回答出的名言：「因為它就在那裡。」

因為我有截稿日，所以寫得出來，再加上，

圖 4-4　我的部落格熱門文章排行前三

排行	文章標題	點閱次數
1	李在鎔為什麼住在漢南洞	96,099
2	「寫作的人類」來了	37,242
3	誰都不知道的，那個漢南洞	37,137

我也確實有收費，雖然不多，但也讓我產生了責任感，才能寫到最後。即使《週刊泰日》沒能像《日刊李瑟娥》一樣有名，但也不是白做工。一開始抱著輕鬆的心態，寫下了第一篇文章，然後逐漸有了第二篇、第三篇，現在能夠寫書的力量，也是從那裡而來。

當你寫得不太順利時，可以像我一樣，創造出必須要寫作的環境，不失為一個很好的方法，我的下一本書，搞不好就叫做《反正，漢南洞》呢！

如果你每次和自己說好「今天一定要寫」，最後仍不斷放棄，那麼，不妨試著和其他人公開約定吧！然後，收取一點微薄的費用。資本主義比想像中還可怕。**要是攸關錢，你絕對有辦法寫得出來**，沒有任何動機比截稿日和錢來得有威力。

4

沒有截稿日，保證你寫不出來

下班後，我通常會做一些簡單的運動或小酌一杯。如果都沒有，就會到附近的圖書館或咖啡廳，打開筆電。這不是為了工作，而是為了寫我自己的故事。

在咖啡廳留到深夜，專心投入寫作的時間，對我而言，這就是我享受「完全屬於自己的時間」的方式。

無論去到哪，在開始寫作之前，我有幾件必須做的事情。首先，拿出幾張我自製的紅色名片，放在最顯眼的地方，花幾分鐘告訴自己：「我就是最紅的作家。」製作頭銜為作家的名片，是為了區別公司的我和真正的我，算是一種副業吧？上面沒有公司名稱，也沒有所屬部門和職稱，只有我的座右銘「Think, Write, Create」和筆名

「寫作的旅人」」。這就像把不必要的外套脫掉似的，身體變得輕鬆許多。

接著，我會打開臺灣法鼓山首座和尚惠敏法師和作家丹尼爾．圖德（Daniel Tudor）開發的冥想應用程式「大象」，反覆告訴自己「可以做得到，可以寫得出來」。我還寫信給大象的管理團隊，希望他們可以另外做一個「寫作冥想課程」。

我也會戴上復古風的圓框眼鏡。雖然這副眼鏡的主要用途，是拿來抗藍光，但這也是能夠轉換氛圍的道具。不知從何時開始，我得戴上這副眼鏡，才能集中注意力。我還點了帶有草香的南非國寶茶，享受茶香直到它冷卻。含一口茶在口中，然後慢慢讓它流進體內，這麼做，彷彿能讓整個腦袋變得柔軟。

最後，我會在 YouTube 挑選喜歡的歌單。因為有歌詞的歌曲，都會影響思考流向，所以我主要會聽鋼琴伴奏曲。

我最喜歡聽的，是以《龍貓》和《天空之城》聞名的吉卜力工作室，所推出的電影原聲帶。除此之外，我還特別喜愛大衛．鮑伊（David Bowie）寫的〈太空怪談〉（*Space Oddity*）；內容說的是太空船以無重力的方式漂泊，我覺得，寫作在某種層面上，其實和這個意境很像，如同漂泊在沒有故事盡頭的世界一樣，所以，每次寫作時都會聽這首歌。

當然，每個人都各有自己的方式，對我而言，作家名片、復古眼鏡、南非國寶茶、音樂及筆電，就是我的寫作良伴。朝鮮時代的儒生，稱筆、墨、紙、硯臺為文房四友，我好像稍微能理解那個原因了。

也許你會笑我：「光是弄這些沒用的東西，太陽就下山了。」並感到不以為然，但是，這對我來說，是很重要的寫作過程。身為上班族，整天都要看別人的眼色，若沒有這種「淨化儀式」，就沒辦法進入作家模式。就像超人在攻擊壞人之前，都要先脫下西裝和眼鏡一樣，這是從上班族的我轉換到寫作的我，必備的專屬儀式。

我認為，下班後的我是什麼樣的面貌，不可以隨意決定。說得簡單一點，其實，每個月領薪水的我，也不過是在幫別人過生活、藉此賺錢罷了。所以，只有寫作的我，才是完整的自己，而不是在過別人的生活。如果寫作的時間變多，就表示以自己的身分過生活的時間變多了。

剛剛好像把暖身運動說得太壯烈了，不過，養成習慣後，就會變成步驟，然後成為儀式，漸漸的，花的時間就會越來越短，也請盡量將儀式限制在三十分鐘內。

像這樣在寫作前，下意識的堅持反覆做某些行為，可不只是我的習慣。許多有成就的作家，都有自己獨特的寫作儀式。

村上春樹每天早上，都會先跑一段固定的距離後才寫作，這個特點眾所皆知。韓國作家崔仁浩和金薰，堅持不用電腦寫作，要用原子筆或鉛筆書寫，才能感受到文字貫通身心，這在寫作人之間，已經成為傳奇。

韓國小說家李外秀，甚至在房間裡打造一個鐵做的監獄，堅持進去裡面寫作。雖然我尚有不足之處，但同樣也找到自己的方式實踐，我相信，你也會有屬於你自己的方法。

有人問我：「你有沒有寫得最順的地方或時間點？」這就像是被問「你懂上帝嗎？」的感覺。若真有那種東西，應該很多作家都會為了去那個地方，排隊排個幾年吧？搞不好一瞬間就變成觀光勝地。

每個人的寫作聖地都不一樣，不過可以肯定的是，沒有截稿日，通常就寫不太出來。無論你在哪裡、寫些什麼，都要訂出截稿日和幾個主題，然後持續寫下去。只要有可以開始並反覆寫作的地點，那就是你的寫作聖地，當然，那裡網路要很順。

第五章

公司必寫的11款文體，手把手教你打造競爭力

作家精選

如果我們要說自己懂些什麼，就要知道它的範圍。知道它屬於哪裡，並知道它的脈絡。
此外，還要知道它和其他東西有什麼差別。
明白了範圍、脈絡，以及差異，才能說自己懂了，若只懂一項，無法和其他東西比較，當然不能說懂。

——《李東真的閱讀方式》，韓國電影評論家李東真

1 履歷和自傳：用數據、說故事、寫出你跟別人哪裡不一樣

十七年來，我長期待過的公司有四間，但實際上，我在七間不同公司工作過。從員工僅有五人的忠武路（按：韓國首爾中部的街道）小辦公室到韓國前三十大企業和其子公司，甚至是員工人數多達兩萬兩千名的政府旗下國營企業，涉獵的領域滿廣的，產業領域也非常多元，有出版、教育、重工業、食品、化學、醫藥、能源等。

每到一個新的地方，第一個要寫的就是履歷和自傳。剛出社會、準備就業時，命中率頗低，等到累積一些經驗後，通常投十份履歷，會有七、八個公司回信。因為我在公司寫了很久的文章，有時候也會幫別人看履歷、或負責收履歷，對這方面的寫作，還算是小有見解。

履歷，是每個上班族都必須撰寫的文章。基本上，履歷有十幾個欄位，包含姓名、年齡、出生年月日、學校、通訊地址、社會經驗、獲獎紀錄、座右銘、在校成績、證照、多益分數，甚至家人的基本資料、興趣等問題。

光是一格一格的填這些問題，就會消耗不少時間。學生時期的活動和週末志工服務、補習班、留學、交換學生、實習，男生的話還要填兵役狀態，短則二十年，長則二十五到三十年的人生，就這麼塞幾行密密麻麻的文字裡了。這並不是可以隨便獲得的經驗，必須擁有多樣化、具深度的人生經歷，才能勉強填滿這些欄位。

至於自傳，則比履歷難上好幾倍。如果履歷是選擇題的話，自傳就是論述文了。表面上看起來，只是簡單詢問成長環境、興趣、優缺點、座右銘、遇過最困難的事情、投履歷的原因、進公司的抱負等，但其實，他們想知道的是更深層的內容。

別被表面內容騙了，你得針對真正的問題做出回答。**「你和別人有什麼不一樣？」**、**「你的不同之處，能為公司帶來什麼益處？」**這兩個問題才是關鍵。

自傳不是單純介紹「你是誰」的文章，公司想要你告訴他們——身為上班族的你是誰。其實，這就是一種商品企劃案，將自己的經驗、優點、一技之長拆開來，分析職務內容上寫的資格條件或業務內容，然後將兩者連結起來。這個連結要盡量不生硬，越自然越好。

自傳，就是將過去的生活經驗和事件當作材料，寫出一份讓自己脫穎而出的文章。當然，你也要搞清楚，哪些內容是事實、哪些是你自己的想法。

不過，有不少公司會用「和員工一同成長，家人般的幸福企業」作為廣告、欺騙求職者，所以，就算你的自傳寫得稍微誇張一點，也不用感到有罪惡感。當然，你絕對不能說謊。我想，如何把握這個分界點，是最困難、但也最重要的事。

學校生活、課外活動、興趣、公開招募比賽（按：以普通民眾為對象，審查特定主題的創意、提案、企劃、作品等，提供獎金或商品等獎勵的比賽），甚至是微不足道的習慣，和私密的戀愛故事，如果我們仔細尋找，一定能找出和公司想要的人才，有密切關係的連結線索。

如果真的一個也找不到，那麼不妨從現在開始準備，或是改找其他工作。如果找的工作和個人性格、能力相差過大，那麼，就算勉強錄取了，搞不好才是通往地獄的開始。

如果你投的是媒體宣傳部門，那最重要的肯定是溝通能力。就算是初次見面的記者，你也得自在溝通、和他們一同共事，當然，你最好是一個八面玲瓏的人。此外，因為必須撰寫提高公司產品、服務或品牌價值的報導資料，所以你必須具備一定水準的寫作能力。

不能只說「我很擅長」，要用具體數據

你是否曾經獨自到歐洲旅行、交外國朋友，並將這些經驗和旅程，都記錄在部落格上？其實，自傳也只是用公司的話語，把溝通、社交、寫作等業務能力，重新排列並書寫出來罷了。請在自傳中強調公司想要找的能力，讓他們能夠一眼就從你的自傳中，看到想看的重點。

毫無根據的說「我很會寫作」是不行的，你得拿出具體的根據。比如說，附上部落格創立年度或寫作平臺訂閱者數，或附上校刊、部落格、公司內部新聞、雜誌、

報紙等刊載本人名字的報導資料。

同時，你必須避免像是「超厲害」、「優秀的」、「非常擅長」之類的花言巧語，轉而使用如「訂閱者增加一五〇％」這樣的具體數據，會讓人產生信賴感。

想進入媒體宣傳部門的人，還得分析業務、行銷、法務、研究中心等，各部門傳來的眾多數字和資料，而且，因為每天早上都要監控各大報紙和新聞節目報導，所以，勤勉的態度和對媒體的敏銳度，也是基本能力之一。對市場變化的察覺力強，才能更快發現趨勢。

寫自傳絕對不是件簡單的事，不然就不會有人說：「寫自傳，是新鮮人第一次回顧他們的人生歷程。」寫著寫著，不禁想把自己的希望或幻想，寫得像事實一樣，所以，也有人說自傳其實是「自我小說」，真是令人哭笑不得吧？

要在制定好的字數內，把「我」好好呈現出來，是多難的事情，在動筆之前通常不太清楚。如果不相信的話，你要不要現在就試著寫寫看呢？

2

報告和電子郵件：光讀標題，就讓人看懂

上班族靠報告來說話和做事。無論是要開始或結束某件事、通知事項或告知結果、分享資料或資訊、表達新點子或推動計畫，甚至是在買飲用水或影印紙時，上班族都要寫報告。如果報告寫不好，就算你多認真做事，看起來也會像是什麼也沒做一樣，存在感只會越來越小。然後，因為缺乏存在感，升遷自然很困難。

透過企劃整理想法，再用文字、圖表和圖片書寫下來，並經歷評估、修正內容的編輯過程，才能寫出一份報告；不過，還沒完，在這之後，還要執行決議好的事項，並進行事後評估，這才算是真的完成。

上班族之所以要透過如此複雜的過程寫報告，是為了預防組織單位的失誤、避

免危機，並抓住更好的機會。

偶爾，會有人憑空想出一些非常驚人、前無古人的提案；然而，大部分的報告，都是認真了解上頭可能會做、可能會想到什麼之後，再把這些點子寫成提案。因此，所謂報告，其實就是「有答案」的寫作，和記錄心情的生活部落格或隨筆散文截然不同。

決策者的想法，會決定文章的語氣和態度，因此，也會改變報告呈現出來的模樣。生產者和消費者非常明確，所以你不能站在書寫者的立場，而是要以掌權者的立場來思考。總歸一句，報告，要朝已經有結論的方向全力衝刺，因為決策者想知道的就是結論。

想讓花費大量心力寫出的報告，具有充分的說服力，最重要的就是格式。有時候，會碰到覺得內容最重要、只將注意力放在內容上的人，但報告的格式就是你的策略，在許多情況下，它比內容還要重要。

報告書有一定的模式，依照情況或目的不同，你必須採用不同的結構和順序，藉此訴說事實和依據。只要記住這點，就能讓主管簽字的速度快上幾倍。

報告的關鍵結構，有標題、概要、推動背景、執行目的、現況、問題點、原因、類似案例分析、解決方法、執行計畫、期待效果、協助事項、最終決定事項等。不同的報告書，重點自然不同，而以下十二項，就是無論在何時、何地、寫哪種報告，都要注意的事項（見圖5-1）。

報告一定要寫得夠清楚，把想說的明確說出來，主管們可沒有時間，聆聽一份冗長又不清楚的報告。在文學作品中，我們常看到作家刻意避開主題，將其藏到最後，但報告的性質完全不同。

主管們非常忙碌，所以報告越短、越鮮明越好。如果該議題較敏感或複雜，或是必須

圖 5-1　寫報告時，最關鍵的 12 個項目

What 要說的是什麼？	Why 為什麼？	How 要怎麼做？	So What 所以呢？
① 標題 ② 概要（立場、態度、期許方向）	③ 背景 ④ 目的 ⑤ 現況 ⑥ 問題點及發生原因 ⑦ 類似案例比較分析	⑧ 解決方法 ⑨ 具體計畫（預算、時間、人力等）	⑩ 期待效果 ⑪ 協助事項 ⑫ 最終決議事項

在下決定之前談清楚，那就不要全部放在正文中，另外拉出來講就可以了。如此一來，報告就能變得既簡短又清楚。

首先，屬於 What 的標題，要寫得中規中矩、以事實為主，但是，若能同時強調對象與目的會更好。舉例來說，與其含糊的寫「改善企業文化之方案」，不如寫成「透過讀書、志工服務和感謝，重新打造溫暖的企業文化」；也不要寫「加強溝通之策略」，而是寫成「積極利用臉書，增進和新世代溝通之策略」。

至於屬於 Why 的推動背景，則要整理出你想強調的趨勢變化或社會潮流。若你打算為公司創立一個新的 YouTube 頻道，那麼，就要先簡單採用值得信賴的統計數字、報導、實例、表格、圖表，藉此告訴讀者，主導現今消費文化的新世代，有多關注 YouTube 影片。

你得配合主管對這個領域的了解程度，來定義 YouTube 的概念，也可以比較社群頻道和公司舊頻道的觀看人次。

然後，屬於 How 的提出解決方法，則是為了解決前面提到問題點，而向主管提出的提案；如果報告是篇文章，那解決方法就是正文了。如果這部分寫得不夠扎實，整份報告就泡湯了。

就像寫考卷一樣，你定義出的課題，要整理得一目瞭然，明確針對各項目提出對策。如果問題點有三個，卻想用兩個對策蒙混過去，就會給人螺絲沒有鎖緊、搖搖欲墜的感覺。

此外，明確訂立「要從什麼時候開始、需要多少預算、誰來做這件事」也很重要。若能分析類似案例，就能讓說服力更上一層樓。

最後，報告的重頭戲，就是 So What 的部分了。這就好比是，讓主管能夠做出具體行動、扣下扳機的最後一步。

首先，重點在於**提出預計會產生的具體效果**，藉此消除主管對這份提案的茫然和不安。你要催眠主管：「這真的是個好點子，一定要做。」另外，也請整理好需要相關部門或機關協助的事項，讓主管知道，你背後有個值得依靠的團隊。

要是你已經有條有理的把故事說到這個份上，握有最終決定權的決策者，還是向你表示，他不知道該做什麼，並駁回你的報告，那你就要想想，報告中是否沒有充分考慮到報告者的立場和了解程度。

倘若想了好幾遍，你都不覺得報告本身有問題，那你也許要認真想想，是不是主管剛好討厭某個工作負責人。依我的經驗看來，這絕對不是不可能的事。想要寫好報告，一定要和主管打好關係。

電子郵件的寫法

電子郵件，是公司最常使用的文字，也是最常使用的文體。只要電子郵件寫得好，上班就會很順利。可能很多人覺得這沒什麼，但是，上班族其實都會憑著電子郵件，為彼此打分數，所以，一定要好好寫才行。

那麼，什麼算是品質好的電子郵件呢？請看以下三點：

1. 標題簡短且簡潔。

因為大家都很忙，所以要省略不必要的內容；但是，也不能用「三點開會」這種令人感到毫無頭緒的標題。標題前面，可以加上〔會議〕、〔報告〕、〔分享〕、

〔公告〕、〔回覆〕、〔必讀〕等備註，節省收件人的時間。

如果不懂這個小原則，或知道了還刻意不遵守，就會讓信件被淹沒在每天幾百封信的信箱裡。要是可以做一點修改，改成「〔請求〕下午三點行銷策略會議，二十樓會議室」，對方即時讀到信件的機率就會大增。

2. 資訊要夠明確。

一封電子郵件，就要把資訊寫完整。如果一封信，要讓對方來回詢問很多次，那一定會讓人生氣。如果不知道該怎麼寫，就先使用六何法，這麼一來，理解內容就變得很簡單。除此之外，與其把句子寫得很冗長，不如刪除連接詞或助詞，直接用數字一、二、三標示項目，分出內容、對象、時間、場所、目的、準備事項等，讓讀者一看就懂。

3. 語氣要親切。

電子郵件不等於面對面說話，想適當表達個人交情，當然不成問題，不過，當你的收件人多於一名，或是有使用副本或密件副本時，最好還是維持基本格式。有時候，我會看到把公司電子郵件當成群組聊天室的同仁，這些郵件都令我摸不著頭緒。

接下來，我要分享一封實際收到的新進員工電子郵件，請見下頁圖 5-2。那已經是幾年前的事了，我將記憶中的內容，修改後再放上來。我想，與其一條條的說明寫電子郵件的方法，不如搭配實例，效果可能更大。只要稍微看一下這封郵件的內容，應該就能看出作者的活潑個性。

這封郵件，有點有趣、又有點令人吃驚，同時也讓我感到擔憂。

在我看來，從標題開始就錯了。「邀請參與□□策略會議」，邀請指的是「請人來參加聚會，設宴招待」，我們會寫「邀請參加生日派對」，但絕不會寫「邀請參加會議」。因為，邀請會給人可參加、也可不參加的感覺，反而造成誤會。**電子郵件的標題，要讓人看了就能猜到內容，標題就等於內容**。

接下來的招呼語和自我介紹，意思上沒有太大的問題。然而，短短的句子中，就出現了一堆錯字，後面還有奇怪的文法、注音文和表情符號，這些都是削弱你的專

圖 5-2　電子郵件的錯誤示範

收件者　宣傳組金董事 ×　行銷組朴董事 ×
經營支援組李副理 ×

副本　金主管 ×　李主管 ×　朴主管 ×　洪主管 ×　金副理 ×

主旨　邀請參與□□策略會議

各位好，我是△△組的○○○。
感謝各位的關趙，我一切順力，世應得也狠好喔！厂厂厂厂

其實是因為這次我們△△組建立了□□策略，
想說如果大家有時間可以聊聊，所以才寄信，
明天下午 3 點怎麼樣？我會先準備好咖啡，
各位過來之前，還請一定要看過附件檔案，各位懂的。

啊，還有會議室是 5 樓小會議室 D。不是分館而是本館，別搞混了哦！

我立志成為最帥氣、最強的新進員工，我最愛～各位前輩了！
○○○敬上

□□策略會議資料（最終）_真的最終版12.docx (15MB) ×

業度和信賴度的毒藥。

我剛剛舉的這篇電子郵件案例，用一句話濃縮內容，意思就是「請參加行銷會議」。然而，在這封信裡，看不太出究竟是誰、什麼時候、在哪裡、為什麼要參加。注重格式的經理和董事們，如果收到這種信件，說不定還會猶豫該怎麼回信才好。

如果把招呼語和結尾的祝福，當成反映個人風格的方式，那至少，正文應該修改成圖 5-3 的模樣。如此一來，內容才會更清楚、令人印象深刻。

從格式來看，電子郵件分成收信者、副本和密件副本。收信者，是郵件的直接溝通對象，放高一階的主管並不適合；副本，則是不需要回應郵件、但有必要知道內容的人；密件副本，則在雖然分享郵件內容，但不想讓別人知道時才使用。

圖 5-3　正確的電子郵件寫法

1. 內容：2022 年第四季行銷策略會議
2. 對象：宣傳組、行銷組、經營支援組副理
3. 時間／地點：2022.2.18（五）15:00／本館 5 樓小會議室 D
4. 準備事項：事前了解會議資料（見附件）
5. 其他：若無法參與，請至少於 3 天前回信

每個欄位給人的氛圍都不太一樣，不過，我建議列收件人的時候，可以依職銜和地位來寫。你可能會反問：「有必要分這麼細嗎？」但是，收信的順序就是一種儀式和禮儀，電子郵件也是正式書信的一種。

還有一個小細節，就是要檢查電子郵件的附件檔名。「最終最終」、「真的最終」這類的檔名，雖然看似生動，但如果你不想讓對方看到你的作業流程，我還是建議你避免。

若說報告是上班族的臉，電子郵件就是上班族的表情了。在韓國，大家常說，雖然人不一定要長得男帥女美，可是有了年紀之後，你就要為自己的臉負責。身為上班族，有一定的資歷之後，你的報告就得由你自己負責。表情是人和人剛見面時，傳送的第一道訊息，表情好，你的臉就會看起來更美、更帥上好幾倍，溝通也會變得順利。我們需要偶爾對著鏡子，觀察自己的臉和表情。

3

評論和專欄：讓寫作實力直線上升的最快練習

評論的範疇，從電影、電視劇、音樂、漫畫、書籍等文化藝術領域，到輕旅行、料理、產品，橫跨各種領域。若將評論兩字的英文拆開來看，「re」＋「view」的字面意思，就是重新看待某種作品或現象，而非創作新的事物。評論的關鍵，在於發現別人未能找到的東西，或重新解析本來已經知道、但弄錯的資訊。

想要寫好評論，要先擁有與眾不同的興趣。若要寫有關文化藝術的評論，就要欣賞電影或音樂劇、看電視劇、漫畫、讀書；旅遊心得，則要去到那個地方才能知道；想談料理，要先嘗過料理的滋味；若沒有購買或使用過某個物品，就無法寫出產品評論。看夠了、聽夠了、摸夠了、吃夠了，才能累積無數的經驗，寫出好評論。

不過，與其毫無頭緒的體驗，不如平時有空就隨手做筆記，能幫助你寫出好評論。如果你要評論書籍，可以用三色原子筆畫上底線，四處貼上五顏六色的便條紙，把自己的想法貼得滿滿都是。這麼做，日後在確定評論文的大綱時，就會簡單許多。

至於我，則會把自己當成那本書的作者，一邊看著目錄、一邊重新寫作，用這種方式來寫書籍評論。看電影或電視劇時，我會記住有共鳴的經典臺詞、主角的表情或故事伏筆，然後假裝是導演，把這些情感重新描述出來。

至於旅遊評論，則要在結束旅程後的一個禮拜內打草稿；要寫料理評論，就會在品嘗當下那幾分鐘內，至少寫下一句心得。像這樣，先至少揮筆寫幾個字，以後才有辦法完成寫作。就算當下的記憶有多鮮明，時間流逝後，那份情感只會剩下不到一半。評論就是要如此勤勞、如此敏銳，才有辦法寫出來。

把體驗寫成摘要，評論就過關

有了心得之後，就要把重點，整理成有條有理的摘要。如果你抱持著「反正重點怎麼寫都一樣」這種不負責任的想法，可就大錯特錯了，要是直接剪貼書籍或電影的介紹、抄旅遊景點的資訊、複製食譜和產品規格，整個文章就失色了。即使這些都是客觀的事實和資訊，完全複製貼上的話，這篇文章一定會令人失望。

光是把摘要寫好，評論就算合格了。所謂摘要，並不只是將分量濃縮，而是照你自己的標準和角度觀察，將資訊重新組合。經過這道流程的評論，讀者才讀得進去、聽得下去。

此時，再加上「為什麼選擇這個、什麼時候接觸到這個、有什麼樣的感受」，以及「這個東西對你我而言，有什麼價值」等

圖 5-4　寫評論必備的四大要素

① 找興趣	充分體驗、了解有興趣的事物或現象。
② 做筆記	記下印象深刻的事件和字句、介紹相關故事、提出反面論調、比較分析。
③ 整理摘要	整理大綱和優缺點、賦予意義、發現價值、重新解析、再次組合內容。
④ 寫出風格	包含作者自己的情況、立場、價值觀等主觀意見。

內容，就能讓這篇評論搖身一變，成為值得一讀的文章。

最後，在評論中寫一些作者自己的情況或立場也無妨。此類文章，和重視事實的報導或新聞不同。其實，就算有點走偏，也只會引人莞爾一笑，說不定也是另一種趣味，這就是評論的特質。

韓國知名評論家許志雄的評論，既尖銳又誠實；藝人柳炳宰的評論，雖然好笑卻稍嫌粗略；電影評論家李東真的評論簡潔俐落，但多少有點賣弄學識的感覺。評論就像這樣，裡頭能放進作者的主觀意見和風格，但又不過於氾濫，很吸引人的文章。

專欄①：好標題怎麼下？

專欄和評論很類似，但性質和重量有點不同。若說評論是「邊寫邊想」的文章，專欄就是「先想好再寫」的文章；評論比較像是「重新觀看」，專欄則類似於「修整」。

在這邊，修整指的是一處處仔細檢查，只要是有縫隙的地方，就要全部修改。

雖然也有以電影或旅行等輕鬆題材為主的專欄，但通常，專欄指的是各領域專家針對政治、經濟、外交、教育、國防等社會現象深度探討的文章。不過，這不代表專欄像是生硬的論述文一樣難讀。

其實，也有「談故事」的專欄文章，這種文章，擁有隨筆散文的性質，所以仍有不少柔軟之處，是很奇妙的文章。

想要寫出好專欄，就要閱讀很多好專欄。我認為，與其用半吊子方式，教大家「專欄一定要這樣寫」，不如介紹兩位具代表性的專欄作家。這兩位作家，都有一定的粉絲群，但他們的特色非常不同。

首先要介紹的是全北大學（按：位於韓國西南部全羅北道）新聞廣播學系教授康俊晚，他可是出了名的毒舌。他是韓國第一個在公開專欄上，指名道姓評論他人的人，有些人可能會覺得很痛快，但其他人看了則不太開心。

換句話說，大眾對他的評價較為兩極，喜歡的人很喜歡，討厭的人就很討厭。他邏輯清晰、敢於發聲，態度也非常直接，說話絕對不會拐彎抹角，反倒毫不留情。而且，他最為人知的特色之一，就是第一句話通常會引用新聞報導片段，例如：

「遺失欲望的日本年輕人們」，這是某篇新聞報導的標題。究竟內容為何，居然說「遺失欲望」呢？

——〈「小確幸」是改革的種子〉

最近我讀了《韓民族日報》的特別企劃連載報導〈曹國（按：韓國前法務部長，赴任前因子女涉嫌走後門進入大學等相關弊案引起風波），在那之後〉，報導都非常有趣。尤其是「問題再次回到不平等」系列的兩位記者，李在勳、吳姸書的報導〈完全無法加入「曹國大戰」的憤怒〉最讓我印象深刻。

——〈進步的框架需要改變〉

康俊晚教授通常會將我們認為是常識、完全不會懷疑、不敢說的問題，用認真、嚴肅的方式探討，同時也會提出很有趣的反方向思考觀點。這讓康俊晚的專欄與眾不同。

康俊晚教授的真正實力就在標題裡。他很會寫標題，讓你就算不知道內容是什麼，也會想點進去看看。簡短有力，而且讓人印象深刻。標題大概是這樣：

- 〈先從吵架的方法學起吧！〉，《韓國日報》，二〇〇五年七月十九日。
- 〈沒教養是一種訊息〉，《韓國日報》，二〇〇五年十一月十五日。
- 〈公寓共和國的謎題〉，《韓民族二一》，二〇〇五年十二月二十一日。
- 〈恐嚇將會「平均下滑」的恐怖行銷〉，《韓民族日報》，二〇一八年十二月三十日。
- 〈「太極旗部隊」的功勞〉，《韓民族日報》，二〇一九年三月三日。
- 〈「只許州官放火，不許百姓點燈」是一種希望〉，《韓民族日報》，二〇一九年七月二十一日。
- 〈進步陣營的偽善經營法〉，《韓民族日報》，二〇一九年十月十三日。
- 〈致罵記者是「妓者」的你〉，《韓民族日報》，二〇一九年十二月八日。

專欄是反映作者本人立場和價值觀的文章，就算寫得像隨筆散文，也會有一個結論，並且無可避免的帶有政治意識。

寫出《動物農莊》（*Animal Farm*）和《一九八四》（*Nineteen Eighty-Four*）的著名英國作家喬治．歐威爾（George Orwell），在《我為何寫作》（*Why I Write*）一書中也提到：「無論任何書籍（文章），都無法脫離政治傾向。」

康俊晚從一開始就承認了這點。在短短一篇文章裡，他不忘準備滿滿的參考資料、實例、數據，就為了避免自己的文章變成過於偏頗的作品；他將文字的漏洞，用統計資料和實力填滿，如果是不合邏輯的故事，從一開始就不會放進去。

專欄②：不講邏輯，只要有趣

接下來我要介紹的人，是首爾大學外交政治系教授金英敏。他的寫作風格跟康俊晚完全相反。倘若不仔細看，可能會誤以為他只是一個愛說冷笑話的讀書人，但在我看來，他的搞笑都是刻意的。

他很受大眾青睞，是所有年齡層都會喜歡的類型，所以他在《韓國日報》、

《韓民族日報》、《京鄉新聞》（按：皆為韓國大型報社）都固定執筆專欄。而讓他成為專欄界偶像的，是〈反問中秋節是什麼吧！〉這篇文章，內文風格如下：

把食物塞滿嘴巴後，試著出聲問：「我是誰？」那麼，和你一起吃飯的人，可能會暫時放下筷子，用滿是擔心的眼神看著你……如果媽媽問你：「你到底要不要結婚？」那你就回答：「結婚是什麼？」如果媽媽說「你發什麼瘋」，你就回一句「發瘋是什麼」吧！

著實令人大吃一驚。這樣的專欄文章，我還是第一次讀到，而且還是堂堂首爾大學教授寫的專欄，我想不只我，很多讀者都曾懷疑自己是不是眼花了。說不定還有人會以為，自己被駭客入侵，不斷重新整理網頁呢！

在足球術語中，有一種戰術叫「tiki-taka」，隊友間必須短傳和不斷跑動，這篇文章似乎就是這種氛圍，彷彿筆者和讀者持續互相傳球、玩樂一樣。一邊讀著他的文字，就想像到作者那副若無其事的表情，還能聽到他搞笑的聲音。

如果康俊晚的專欄，主打的是邏輯和主張，那麼，金英敏的專欄，重心大概就在於共鳴和趣味吧！而且，他從標題到結尾都不忘保持一貫性，這就是他的文章吸引人的地方。

如果你問我，這兩種類型的專欄，哪一種比較好，我無法斷然回答。康俊晚的文章非常強烈，強烈到無人能比，但也很難在韓國找到哪個人，能和金英敏的活潑文筆匹敵。康俊晚的文章讓人想要在書房，擺出有點嚴肅的表情閱讀；金英敏的文章，則讓人想在通勤的捷運上邊讀邊笑。

各位可以看看，哪種類型比較接近自己的風格，只要認真閱讀那種風格的文章，你可能就會發現，自己的文章開始傾向那個風格了。

評論和專欄就像這樣，彼此既相似又不同。但是，這兩者有一項很明確的共同點——它們是練習寫作的最佳利器。

請各位仔細觀察生活周遭，看看世上各種輕鬆或嚴肅的故事，把它們當成寫評論或專欄的素材。只要這麼做，你的寫作能力就會日益增長，只要一直練習寫評論、專欄，持續一百天，要寫出一本書就是小菜一碟了。

4

祝賀詞：怎麼把一句恭喜，變成一篇文章？

我有一個漢南洞老友，年屆四十才要結婚，在他結婚的三個月前，他約我小酌一杯。他說：「我們的婚禮不打算請證婚人，但是，想想還是覺得有點可惜。」所以，他拜託我寫證婚人的祝賀詞。

「真的只有你能幫忙了！」我就這麼被他連哄帶騙，情急之下答應了他，飲酒過量果然有害！

到了隔天，等我恢復精神後，真的很想把昨天說的話都收回。拜託，才這個年紀，就要在兩家長輩面前取代證婚人？我不能毀了好友的婚禮。本想視情況委婉拒絕，結果拖著拖著，時間一轉眼就到了婚禮的兩個禮拜前。事已至此，已經無法挽回了，我只能硬著頭皮寫。

嗯～新郎朴〇〇從△△學校畢業，是任職於□□公司的優秀老公。嗯～新娘金〇〇出生於和樂家庭，畢業於△△學校，從事□□工作，是美麗又聰明的妻子。自古結婚就是要愛惜對方，互相陪伴……夫妻一體同心。

這種祝賀詞，我打死都不想寫。既然都要寫了，我就想好好的寫。我問他們什麼時候決定結婚，還請他們做了九型人格測驗（按：一種心理測驗，將人類劃分成九種相互關聯的人格），並稍微做了解析。你可能會說，我這樣根本就是在為自己添麻煩，不過，我認為不管寫什麼文章，首要之務都是分析對象。

結婚祝賀詞的關鍵，在於盡情的炫耀新郎和新娘。所以，要把聽眾想知道的資訊說成故事，然後替正要踏上人生新旅程的夫妻，說出他們最想和賓客說的話，或是未來的抱負。

而且，以上所有內容，都要以不讓人討厭的方式說出來。「我就是這麼優秀的人！不管別人怎麼樣，我們一定會幸福到老！祝福我們吧！」這種話，要是從自己嘴裡說出來，就算是對的，也會令人感到難為情。

好友結婚典禮的祝賀詞，我改寫波蘭鋼琴作曲家弗雷德里克・蕭邦（Frédéric Chopin）的戀人——法國浪漫主義時期的代表性作家喬治・桑（George Sand）所留下的短句，當作結尾：「從現在起，兩位的人生就要合而為一了。你們要更開心、更幸福、更熱烈的相愛。人生中最美好的就是愛了，再次祝福兩位的美好姻緣。」

我用結婚典禮舉例，不過，其實所有活動的祝賀詞，都有類似的結構和模式。寫祝賀詞時，要先確認聚會的性質。得先講什麼話、採取哪種語氣和態度，都會因性質而有截然不同的差異。

這個聚會究竟是畢業典禮、入學典禮、獎學金頒發典禮、就職典禮、退休茶會、研討會或論壇，一定要確認清楚。

接下來，要如何把「恭喜」這兩個字，變成一場演講，又該怎麼傳達，就是關鍵了。大致的順序，請見下頁圖 5-5。

首先，第一句話可以使用「各位，幸會」這種平淡的開頭，因為司儀一定會介紹接下來要發言的人是誰，所以果斷省略自我介紹也沒關係。有時候，發言人的自我介紹說得太久，反而會害聽眾搞不清楚，這到底是在恭喜誰。

在第二段，如果沒有明確說出要祝福的對象和理由，聽眾就會開始覺得無聊。祝賀詞一變得冗長，就會讓人認為：「那個人是勉強被推出來發言的吧！」

因此，一定要記住，**所謂祝賀詞，就是向聽眾說明今天要慶祝什麼、為什麼要慶祝的話語，等於另一種類型的簡報**。如果不好好說清楚，大家很難將注意力放到祝賀詞上。

如果你已經賦予活動意義了，接下來，就要精準的點出這個活動會對聽眾產生什麼影響。舉例來說，如果這次聚會，在宣布公司未來的願景，那麼，就要解析願景的意義，並強調需要全體員工共同努力，才能達到

圖 5-5　祝賀詞的撰寫順序

① 開場白	② 賦予活動意義	③ 與聽眾的連關性	④ 囑咐與期待
盡量避免自我介紹，使用平淡的問候開場即可。	要恭喜誰？理由為何？	這個活動，和聽眾的連結是什麼？	祈求活動發展順利、保證給予支援。

目標。

此外，如果是論壇或研討會，就要說明此次探討主題，有多符合時下現況，以及為什麼這是你我都需要聽的內容。

結尾時，最好簡短談到你對這件事抱持的期待。在此處，要是加上一句「我／我們可以為你們支援○○部分」，並再次提及活動意義、期許活動每一年都更加繁榮，這就是個很不錯的祝賀詞了。

5 敬酒詞：高手不會告訴你的升遷祕笈

人人都喜歡能夠配合自己的視角和取向的人。至於公司，就更喜歡這種類型的員工，可以一邊看主管臉色、一邊開稍微僭越階級的玩笑，甚至是生疏的阿諛奉承，只要將領導人說過的話，用幽默機智方式改編，別人就會稱讚你「很有sense」。

另外，**聚會中的玩笑話，也要有銷售成績或願景作襯，才能獲得掌聲**。

如果你認為聚會就是喝酒的場合，那你肯定是個菜鳥。**高手都知道，聚會的真正目的是敬酒詞**。

你得考慮現在為什麼要聚會（Why）、與會人員是誰（Who）、現在是什麼時候（When）、要怎麼編排（How）、說什麼故事才好（What），還有，我們未來期

圖 5-6　敬酒詞的撰寫順序

類型	內容	類型	內容
聚會性質（Why）	為什麼聚會？ ● 專案的開始和結束。 ● 部門、公司內的聯誼。 ● 創立周年、新年、就職、離職、研討會。	素材（What）	說什麼故事？ ● 成語、新聞、電影、影集。 ● 聚會或個人經驗談。
成員（Who）	什麼關係？ ● 新客戶和合作廠商。 ● 主管和部屬。 ● 活動主辦方和來賓。	時機點（When）	現在是什麼時期／季節／節日？ ● 專案開始、探索中、專案已完成。 ● 春、夏、秋、冬，或24節氣。 ● 年末、年初、新年、重要節日、紀念日。
希望（Wish）	我們期待什麼？ ● 新專案、達成銷售額。 ● 永遠的友誼、愛、歸屬感。 ● 活動能夠永續發展。	架構（How）	要怎麼編排敬酒詞？怎麼呈現？ ● 喝酒遊戲、卡拉OK。 ● 透過肢體接觸（例如握手、眼神）。

待的是什麼（Wish）。我稱此為，敬酒詞的5W1H法則（見上頁圖表5-6）。

引領在座人的敬酒詞，一定要像流水般自然。一開始，先自我介紹或表達謝意，都不會出錯。主要訊息，若可以引用成語、俗諺、名言或流行語會更好。以下為一些可以參考的敬酒詞。

■範例：敬酒詞的變化

離職員工聚會

有句話說：「一笑一少，一怒一老。」意思是「笑一次年輕一點，生氣一次就老一點」。今天好不容易各位前輩都聚在一起了，希望大家多笑一點，變年輕一點，大家都開開心心。祝各位前輩身體健康、幸福，我們來乾一杯！

自己：「一笑一少！」

眾人：「一怒一老！」

高階主管新年聚會

據說，在朝鮮時代，有一種「未來式」吉祥話，也就是，不要說「要身體健康」，而是說「看到你健康的樣子真好」。因為他們相信，如果說得好像已經成真，就像是有魔力的咒語一樣，能讓你的期望成真。我今天也要用朝鮮時代方式來敬各位！

我先說：「大家都身體健康，財源滾滾發大財，太棒了！」

眾人：「讚！」

從前，我當時的老闆要參加高階主管年末聚會，而那個聚會的平均年齡差不多是七十五歲，所以，我建議他可以用「一笑一少、一怒一老」這個敬酒詞，並搭配上這樣的致詞：「今天好不容易，各位好前輩都聚在一起了，希望大家多笑一點、變年輕一點，大家都開開心心！」

過新年時，我則建議他使用比較特別的朝鮮時代方式敬酒詞，這源自朝鮮王朝第十八代君主顯宗的王妃——明聖王后寫給第四個女兒，明安公主的信件。

只要拿這句話來改編即可：「新的一年看到您健康長壽、過得安好，令我感到難以形容的喜悅。」例如：「看到我們公司創造史上最佳銷售額，新產品賣得這麼好，讓我非常開心。」

勞資座談會時，我則取用了在新聞上看到的敬酒詞。韓國總統文在寅，某日和韓美聯合司令官（按：隸屬於韓國與美國聯合編成的司令部）一同午宴，用韓文大喊「一起走吧」，美軍則用英文的「Go together」來回應。

在如此強調合作的活動中，這個互動方式著實合適。我記得那天，我是這麼用的：「能夠讓公司前進的兩個大輪子，一個是經營團隊、一個是工會。為了我們公司日後的發展，我先喊『一起走吧』，工會代表再附和『Go together』！」

你可能很難相信，但是的確有因為敬酒詞說得好而升遷的案例。以前我待過的一間公司，為了開發新專案、擴展業務領域，有好一陣子都接受外面顧問公司的協助。公司想用雄厚的資金當作武器，果斷擴張新版圖，但是，這不僅是要讓事業版圖多元化，而是要完全改變公司的性質。

此時推出的願景口號就是：「朝新的成功機會前進！」意思等於：「我們要挑戰新領域，再次取得成功。」這時，不知道是誰在敬酒時，說了「CASS」這個單詞，結果，在那個瞬間，大家都跟著喊了起來。

其實，CASS 是韓國一款啤酒品牌的名字，乍看之下沒什麼大不了的，但是，如果仔細想想，CASS 其實就是「Create Another Successful Story」（創造下一個成功故事）的縮寫。你說，公司怎麼可能不愛想到這個敬酒詞的員工呢？

若沒有反覆咀嚼願景的意義，就不可能想到這種東西。快速升到經理的他，綽號就叫做「敬酒詞先生」。

我們來看看政治圈，二〇一〇年十月一日，韓國前總統李明博邀請執政黨議員到青瓦臺，在敬酒時，他說了一句：「你們很帥！」但其實，這是一種藏頭詩，「你們很帥」這四個字，在韓文中，其實含有這個意思：「你們要過得堂堂正正、開心、瀟灑，但是偶爾輸給我一下！」

這是反映當時執政黨和青瓦臺之間，關係冷淡的政治現況，而釋放出的訊息。之後，便開始流行起這類簡短又機智的藏頭詩；現在，我們也很常在許多公司的宣傳廣告中，看到藏頭詩或是雙關語。

如果不知道敬酒詞該怎麼說，經常讓你感到困擾，那麼，不妨將前面介紹過的幾種方法背下來。想著「敬酒詞的5W1H」，並配合當下情況，從你的百寶袋中，掏一個出來用。

敬酒詞並不是單純的耍嘴皮子，與其把它當成不懂事的人才會做的事、不願正視，不如試著轉換思考方式，把它想成業務下半場競賽中，送給自己的特別發言權。總統、長官、老闆和主管，他們之所以會另外準備敬酒詞，絕對有其原因。

6

致歉文：寫得好是良藥，寫不好是毒藥

致歉文是我最討厭寫的文章，卻也是最需要寫好的文章。其中利害關係相當複雜，難易度高，要是寫得太急迫，總是容易產生失誤。

在我身邊，實際寫過公司公開致歉文的宣傳部門員工或演講稿寫手，幾乎屈指可數。

甚至，有些公司會另外聘請負責撰寫致歉文的危機處理公司。這十七年來，我大約寫了三次致歉文。

寫致歉文的情況，可以大致依是否故意、傷害程度、可恢復程度為標準，分為四種：

1. 無法預期之天災事故。
2. 不適當的失誤或管理疏失。
3. 惡意犯罪及犯錯。
4. 因立場差異引發之混亂及矛盾。

當然，如果用不同的標準來細分，種類可能會更多。

在二〇〇八年，韓國潤滑油製造商 GS Caltex，發生客戶個資外流事件，後來發現，這是負責管理客戶資訊的子公司員工，刻意犯下的惡意性犯罪，同時也算是公司管理層面的疏忽及缺失。

犯人們將會員個資燒錄在 DVD 裡外流，幸好最後全都被扣押或銷毀，受害範圍有限，且判斷可恢復的可能性很高。GS Caltex 在發生問題的隔天，就迅速發布致歉文，並附上用來確認自己個資是否外流的網址。

二〇一三年四月十五日發生的「浦項能源（按：浦項鋼鐵的子公司，韓國最大私營能源公司）泡麵董事」事件，則介於惡意犯錯及不適當的失誤之間。

搭乘商務艙的浦項能源王董事，抱怨泡麵沒有煮熟，和空服員產生口角，最後他動手打了空服員，還語帶髒話。當時，我是浦項集團的員工，還記得那件事被寫成新聞之前，王董事的為人，早已在匿名應用程式裡被人揭開，引發一陣騷動。

接著，各種改編、諷刺梗圖，接二連三的出現，最後，浦項集團在事件發生的六天後，第一次發布了致歉文。然而，因社會批評不斷，所以，在四月二十三日和二十五日，他們又發了兩次致歉文，可是，輿論風向早已經定下來了，完全不受致歉文的影響。

王董事的行為，確實是仗勢著自己的地位作威作福，明顯是他做錯事，但是若仔細追究，沒有人員傷亡或損失財產，所以這其實算是「可以恢復」的醜聞。如果那時個人或公司，可以更快澄清、好好道歉，或許可以避免走到解僱的地步。這就是所謂的小錯不改，終成大錯。

然而，有趣的是，當時負責大韓航空機艙服務的副社長趙顯娥，在公司內部公告欄上傳了一篇文章：「當時在現場被打的空服員，必定感到既慌張又羞恥吧？我感到非常惋惜，我們絕不容忍任何危害機上安全的行為。」

在那個時候，她大概也沒預料到，在不久後的將來，自己將會成為韓國致歉文中的經典吧？

隔年，在二〇一四年十二月五日，發生了一個前所未聞的事件，又稱「堅果返航事件」，連外國媒體都以堅果返航的英文「Peanut Return」來介紹，惡名昭彰。

當時，一架從紐約出發的大韓航空頭等艙裡，趙顯娥因為空服員未將夏威夷果仁包裝撕開、裝在盤子內送上，她和空服員爭吵了二十多分鐘，最後居然要已經準備起飛的飛機折返登機門。

後續的故事，大家都知道了，當時她逼迫負責該架飛機的座艙長朴昌鎮，下機回到約翰·甘迺迪國際機場，然後再重新起飛。

一開始這個事件被上傳到大韓航空匿名應用程式，被揭露確有其事後，開始出現多位乘客的證詞，接下來就是各家記者報導洗版。大眾的諷刺和指責，如暴風雪般襲來。不過，即使情況越來越嚴重，大韓航空反倒去請求趙顯娥的諒解，發出擁護趙顯娥立場、毫無真心的致歉文，當然，這讓大眾輿論更加怒火中燒。

結果，除了晚間九點新聞之外，韓國時事節目《想知道真相》也在談論這個事件，還出現了很多改編梗圖。繼「甲方行徑」（按：韓國用語，指仗著自己處於有利地位就欺負別人）之後，「堅果回航」也成了威權文化的代表字眼。

在韓文中，兩個不同單字中間應該要空一格，但若變成固有名詞，則不需要。本來，堅果和回航兩個詞語之間，應該要空格，現在已經不用了。

道歉不是玩笑，別被情緒或風向影響

二〇一四年發生的「莫納海洋渡假村體育館崩塌事件」，雖然不是故意的，卻造成十人死亡、一百人受傷，傷亡程度相當大，屬於幾乎無法恢復的大型慘案。隔天警察公布，事故的第一層原因是施工偷工減料，再來，第二層原因是下大雪時，未進行除雪作業。調查結果出來後，可隆集團在事故發生的九小時後，也就是隔天早上六點，馬上發出致歉文。

但是，因為這個事件的傷害規模非常大，所以這篇致歉文沒有達到止血的效果。也許，除非最高層級負責人馬上跪伏在地上，被大老闆賞一巴掌後再開始道歉，才有可能被原諒吧？至少有機會獲得一點同情票。

專家一致公認寫得不錯的致歉文，就是「三星醫院MERS（中東呼吸症候群）事件」了。MERS猖獗的二〇一五年六月，三星電子副執行長李在鎔，在三星位於首爾瑞草區的總部，親自彎腰道歉。

首先，我最先注意到的是，他提到已經臥病一年多的父親——李健熙執行長，接著，又看到他試圖安慰死者家人的痛苦姿態。他提出擴充負壓病房、研發疫苗及治療藥物等具體解決方案，也承諾會預防事件重演。從危機管理層面來看，李在鎔的致歉文，大致皆遵守致歉文寫作的絕對原則以及CAP法則（見下頁圖5-7），因而受到好評。

CAP法則的第一個C，是「關心與擔心」。關鍵在於是否真心在乎、擔心受害者，所以，要明確講出為什麼、要向誰、道歉什麼事情，先表達關心和擔心的心情。

再來，A則是指「行動措施」。想讓人看到你的誠懇和歉意，就要努力將已經發生的傷害降到最低，並公開目前為止，能夠確認到的事因。此時，不能抱怨公司花了多大的功夫處理，而應該展現出為了減少受害者痛苦，所付出的努力，例如召回產

圖 5-7　撰寫致歉文時，必須遵守 CAP 法則

類型	內容
關心與擔心 （Care & Concern） 過去 占篇幅30%	1. 迅速公開並承認事件或事故 ● 越是壞消息，越應該一次公告完畢。 ● 若是特定人物，致歉對象要具體指明出來。 2. 表達真誠的關心、憂慮和安慰 ● 禁止使用老套、如罐頭訊息的字句。 ● 盡可能仔細、清楚的說明狀況。
行動措施 （Action） 現在 占篇幅60%	1. 誠心努力降低受害程度 ● 公開目前能確認到的事件發生原因。 ● 澄清或闡明非事實部分。 ● 著重於減少客戶的痛苦，而非強調公司的勞苦。 2. 確實檢查受害程度，並提出現實中的補償辦法
預防 （Prevention） 未來 占篇幅10%	1. 當事人或最高層級負責人反覆道歉 ● 按受害規模區分須致歉的對象。 2. 承諾改善系統，預防事件重演

品、補償、賠償等對策。

最後的P是「預防或防止」。為了在大眾面前承諾公司會改變問題的起因，像是體系、設備、制度或文化，保證不讓類似情況再次重演。視受害規模大小，當事人或最高層級的負責人，必須不斷道歉，展現誠意。

另外，還有一些對不能用的字句。為了方便稱呼，我稱這些句子統整成BIO字句（見下頁圖5-8）。

B指的是「但是」，像是「但是我不是這個意思」、「可是那是當時的慣例」，這些話絕對不能說。

至於I，則是「假如」。「如果各位看到新聞報導、受到驚嚇的話」、「如果此次事件，帶給各位不便之處」、「如果當時廠商有好好盡到管理、監督的責任」，這些話可能會成為引起更大危機的火苗。

最後是O，它代表著「過度反應」。比如，說出「我犯下了該死的大錯」、「我說什麼都沒辦法辯解」等話語，反而像是在諷刺受害者。就算說出「之後的責任全都由我承擔」，聽者也明白，很多情況都是你無法承擔的。

圖 5-8　道歉文中，千萬不能用的 BIO 字句

類型	道歉者說的話	對方聽到的話
但是（But）	● 但是我不是這個意思。 ● 因為沒辦法，只好……。	〔**迴避**〕我真的不知道會這樣，那個怎麼會是我的錯？
	● 又不是只有我這樣。 ● 可是那是當時的慣例。	〔**委屈**〕我也是受害者好嗎？你們這些白痴懂什麼？
	● 對不起，請先讓我唸出事先準備好的致歉文。	〔**被動**〕我也不知道哪裡做錯，但既然引起騷動了，就意思意思道歉一下。
如果（If）	● 如果各位看到新聞報導、受到驚嚇的話……。	〔**攻擊媒體**〕這都是該死的新聞造成的！
	● 如果此次事件，帶給各位不便之處……。	〔**計較**〕講實在的，根本就沒有造成什麼嚴重的傷害，不知道在誇張什麼。
	● 如果當時廠商有好好盡到管理、監督的責任……。	〔**推卸責任**〕不是我的錯，是他們的錯。
過度反應（Over-reaction）	● 我犯下了該死的大錯。 ● 我說什麼都沒辦法辯解。	〔**諷刺**〕對啦，我就是該死，不然我服藥自盡好了。
	● 日後會產生的責任，全都由我來承擔。	〔**斷定**〕管他的，當然要先滅最急的火，先講再說啦！
	● 我以後會注意的，拜託。 ● 請各位像男子漢一樣，原諒我。	〔**強迫**〕吼！都做到這個程度了，夠了吧？！

我覺得最荒唐的致歉寫法，就是韓國炸雞品牌 BBQ，在官方部落格上所寫的：「像個男子漢一樣，我今天爽快的請求各位原諒。」這是因為，他們想偷偷調高炸雞的價格，結果一引發爭議，就反過來說請大家當作沒發生。

結果，道歉文上傳不超過一天，截圖就在各大社群論壇轉傳，不出半天，底下留言就多達五百條。因為此事件，該公司董事辭職，事件才告一段落。提出辭呈的理由，據悉是「因個人因素」，但大家都知道這個因素指的是什麼。**如果把道歉當成玩笑，反而會意外的吃上大虧。**

無論是個人還是企業，要寫致歉文的情況，都會突如其來的到來。所以，想要做好事前準備、擬出完美的劇本，幾乎是不可能的。所以，越是如此，就越要注意別被情緒和風向影響，請理性的從問題本身下手。

只要將 CAP 法則和 BIO 字句記住，你就能避免寫出被別人記一輩子的最差致歉文。

7

卸任致詞：成功CEO背後，都有一個厲害的寫手

一早，群組聊天室裡傳來的通知聲不斷。「你有看到這個嗎？」由一百多名宣傳領域相關人員，互相分享世界新聞的網路空間，裡面有一篇文章突然成為話題。

那就是，可隆集團執行長李雄烈的卸任致詞。又不是政治人物，一個商界名人的卸任致詞，居然成為即時搜尋關鍵字排行第一，讓我很意外，不過仔細一看，確實有其原由。

商界名人的發言，通常從僵硬的招呼開始，然後再回顧一整年或目前為止的成果、分析經營環境，接下來，會談到參雜國際油價或匯率變動情形，多次強調全球性危機，然後再習慣性的談一下，最近流行的第四次工業革命等話題。

最後，大部分都會以「為改善公司業績，希望全體員工一體同心，繼續發揮一百二十分的努力」這種熟悉的句子作結。執行長的發言通常就像這樣，幾乎沒有一般人可以插入的縫隙，所以不太有趣，也沒有什麼大逆轉。

然而，李雄烈的卸任致詞卻不太一樣。他用「今年將會是最後一年，聽各位叫我『執行長』了」當成開場白。韓國排名前三十大的集團大老闆卸任，不像是突如其來的決定，但是單看這消息，著實令人震驚。又不是十歲孫女對司機講了難聽的話，或是子女搞出吸毒、非法繼承、賄賂、仗著身分行使威權等醜聞。

在卸任致詞中，他展現出的模樣，不像大家熟悉的商界名人李雄烈，反而像是年屆退休之齡、準備離開公司的前輩。他關心公司和後輩，並對自己的人生侃侃而談，這是至今仍很難看到的例子。大部分長輩的卸任致詞中，通常滿滿都是「你們知道我做了多了不起的事嗎？」的英勇談，但他沒有，他的率真，似乎撼動了我們這些上班族的心。

李雄烈可能就是想要與眾不同吧？他說：「我怕我再猶豫下去，就會失去勇氣，所以很害怕。」表達出他對於離開公司這件事的複雜心境。

這輩子都在當執行長的人，要重新在外面適應生活，就算已經是他這個身分，恐怕也不會順心如意——當然，他跟一般上班族還是有差異。總之，他公開了他的計畫——「未來，我想找回青年李雄烈的心態，在更晚之前，自己創業」。

令人驚訝的是，他說出：「那有什麼，要是真的做不順利又怎麼樣？反正我現在有完蛋的權利了。」上班族的禁忌就是說出「完蛋」這兩個字，但他卻毫不猶豫的說了出口。不用嚴謹的字句說話，而使用日常的口語，讓人感覺更加親切。

更有趣的部分是，他突然說，自己含著金湯匙出生。這項事實誰都知道，他還以「首次公開」的語氣描述，很搞笑吧？不過，屬於經營世家的他，自己說含著金湯匙，很可能會害自己招來負評。說不定在臉書、推特或新聞底下的留言，就會出現「超討厭金湯匙」、「六十歲了還說自己是青年？是怎樣？」這類的人身攻擊。

他的幕僚不可能不知道這件事，但搞不好，他還是決心把自己特別的人生，以不加修飾的方式說出來。所以，他反而選擇了正面突破，擺脫身分下的責任和負擔，尋求更多共鳴和人性的諒解。他還不忘幽默的嘲諷自己：「可能是金湯匙含得太緊，現在牙齒都裂了。」我也真想牙齒裂掉啊！

他還分享了一些關於自己的事，像是：「歌手尹泰圭的〈My Way〉這首歌，歌詞很打動我。」其實，這首歌的歌詞既率真又懇切，和他卸任的致詞很像。歌詞唱著：「我以為我走得夠遠了／但回頭一望／卻沒有什麼東西／我想我爬得夠高了／往下看卻毫無一物」。

雖然大家都很羨慕他，但他也是一個別無選擇、只能站上那個位子的經營者，一個必須背負數萬名員工生計的位子。就這樣頭也不回的向前衝了大半輩子，猛然轉頭，卻只看見不知從何襲來的空虛。也許平凡上班族難以對他的心境產生共鳴，但是六十歲的人，搞不好就能理解他的那份情感。

而那首歌的副歌，也和可隆集團當下的情況，相似得很巧妙：「誰都有可能跌倒／我不能現在癱坐在地上／直到累倒在這條路上之前／我要重新站起來／再去衝撞一次」。

其實，可隆集團已經在紡織和化學這兩塊主力產業站穩了腳步，這兩個產業仰賴大量的機臺設備，未來很難變得更好，但也不會再退步。雖然抱著雄心壯志、推出製藥產業，但想要坐上王座並不簡單；至於時裝或化妝品領域，競爭者本來就夠多了，也絕對不是條簡單的路。就像歌詞說的一樣，現在是需要發揮挑戰精神、「再去衝撞一次」的時機點。

最強寫手，讓人看不出代筆的痕跡

我讀著這篇卸任致詞，彷彿看到在高階主管聚餐時，放聲高歌的六十多歲老紳士，出現在我面前。身居高位的執行長，如同平凡人一般，生動的向我們走來。這篇文章，肯定有專業演講稿寫手的幫忙。

「拜託，這麼重要的話，有可能叫別人寫嗎？」可能有些人會這樣質疑，不過，我反倒認為，就是因為很重要，所以不能由執行長自己一個人寫。有可能是先由執行長口述部分內容，剩下的，就由演講稿寫手翻遍他的採訪、新年致詞、就任致詞、現場巡查、演講、營運案例等資料，再將內容修補得更流暢。

就連群組聊天室裡，這些和執行長密切互動工作的宣傳人員，都分成兩派，一派認為李雄烈親自寫了卸任致詞，另一派則認為是其他人寫的。由此可見，這篇文章取得了空前的成功。

整個演講，都完美貼合李雄烈的形象和語氣，演講稿寫手的存在，則完美的掩飾住。這位高手究竟是誰，我感到很好奇。不過，重點不在於那份聲明是誰寫的，因為他的發言並不存在於文字上，而是靠演說技巧而變得活靈活現。這不屬於編寫發言稿的人，完全是李雄烈的功勞。

李雄烈的卸任致詞，應該會成為演講稿寫手寶貴的參考資料。也許在不久的將來，模仿這篇文章的卸任致詞，會成為一股流行也說不定。

像這樣的好文章越來越多之後，演講稿寫手也要更努力的隱藏自己的角色，作業起來將會更加棘手，但是也沒關係，向高手虛心學習，我才能寫出更好的文章。

8 社群網路：除了臉書以外的寫作平臺

在過去，就算寫了自己的文章，也沒有什麼地方好上傳的。若想和報紙、電視或出版社等大眾媒體聯絡，通常需要一定的花費和努力。所以，寫作主要是文學、人文社會、教育等領域的小說家、記者、科學家、教授……專屬於這些專業人士的領域。上班族要互相確認或評估彼此的寫作能力，能做的非常有限。

但是，現在就有點不同了。只要我想，就能將自己的文章公諸於世。創一個臉書或部落格帳號，只要三分鐘不到，這樣就可以將一篇文章上傳到網路上。或是，下載一個寫作應用程式，安裝完也只需要五十秒。和二〇〇〇年代初期相比，要讓文字傳播出去，需要花費的心力確實減少很多。

寫作平臺不僅變得更方便，分類也越來越細。最常見的網路寫作空間是臉書。臉書，是一種擴張人脈用的個人網站，然而，彼此的故事都散布在動態時報上，所以不消五分鐘，剛看完的文章，可能就跑到下面去了。

所以，就算是再好的文章，若不能獲得一個讚，可能就會被擠到下面，消失在茫茫網路大海中，很難再找到。

因此，在臉書裡，只有簡短又有趣的文字能存活下來。人們在上面一來一往，迅速了解彼此的近況，暫時歡笑、獲得一點資訊、偷偷炫耀、有點虛張聲勢、吸引人們注意、劈哩啪啦的留言。

彼此的臉龐（face）就像翻閱書（book）一樣，迅速的翻了過去，所以很難進行有深度的談話。由於此一特性，臉書上不太能夠好好討論，反而比較適合想要在短時間內建立自己的風格、和他人建立關係的文章。

韓國演員車勝元在一場採訪中表示：「我想要的只有兩件事，要不帥，要不好笑，沒有其他的了。」這正是我們能在臉書上做的兩件事。所以，如果沒辦法帥，就要好笑；如果不好笑，那就要帥，只要選比較接近自己風格的路線來寫就可以了。

我不太會搞笑，所以我努力讓大眾覺得，我是「雖然很難搞、但仍堅持寫作的年輕（帥氣）上班族作家」，如果能做到就是成功了。

善用創作平臺，打造鮮明人設

如果你想更認真的寫作，那麼，當然有適合你的其他寫作平臺。例如，連應用程式的名字都非常簡單的「寫」，會在每天早上七點和晚上七點，給你兩個新的寫作素材，像是回憶、郊遊、初雪這類的單字，或是「我們為什麼要工作」等簡短提問。你可以參考應用程式上的詩或小說節錄，簡短寫出你的想法。

此外，還有另一個叫「Around」的應用程式，顧名思義，就是要寫自己周圍的故事。這個應用程式的最大特點，就是匿名。很多人擔心自己的文章會收到惡意留言，因此不敢下筆。

但是，在這裡，你不需要擔心。這個應用程式規定，一定要回善意留言，才能收到贊同；收到贊同，才能累積「櫻桃幣」；有了這個櫻桃幣，才能寫文章。這是一個能給你讚美與動力的溫暖空間。

如果你想連載有水準的文章，並自詡為一名作家，那麼，封閉型平臺 Brunch 最適合你了。想在 Brunch 上寫作的話，必須附上自己的作品集、作家簡介、執筆計畫等，再提出申請，並等待約一週的審查時間。

不過，有時候審查會不如想像中順利，也常需要花上三、四週的時間。在 YouTube 上，甚至還有教你怎麼成為 Brunch 作家的影片。

Brunch 的優點之一，就是文章品質都很不錯。他們的審查非常嚴格，從一開始就過濾掉廣告或商業目的的寫作使用者，篩選出在生活中確實經常寫作的人。另外一個優點是他們獨特的編輯功能，字體、插入圖片、版面設定都非常俐落有型，可以讓你編輯出彷如付費雜誌的美感。

每年年底，他們也會舉辦 Brunch Book Project，幫助得獎用戶實際出版。用筆名 TiGeo Jang 寫作的韓國作家張秀瀚，他的《辭職學校》，就是第一屆大獎的得獎作品。

只要能在這裡創下幾十萬的分享、點閱次數，等於你的大眾知名度和文字水準通過檢驗，可以作為優質的行銷工具。我想，這個活動應該會成為大眾進入文壇的好機會，出版社也不能小看 Brunch。

我從二〇一八年五月開始，在 Brunch 上傳文章，到現在寫了約九十多篇，訂閱人數為五百多名，累積點閱次數為二十四萬左右，現在已經發行了《漢南洞原住民》、《文法最簡單》和《寫作，最強的商業武器》這三本書。這本書裡的許多內容，都是從 Brunch 上的文章萌芽，才得以完成的。

一開始，我每週三上傳文章到 Brunch，為了交出稿，我甚至曾經熬夜、請上午半天假。有人感到不解，問我：「有需要認真到這個地步嗎？」雖然固定交稿的負擔確實不小，但是，換來的趣味也不小。就算努力上傳文章，我也不會賺到什麼錢，不過，每次把文章放上去，「我」是什麼樣的人，就會越變越鮮明。

以前，如果在搜尋引擎搜我的名字，最先出現的會是韓國切割工具製造公司 OSG 的執行長，但是，自從固定在 Brunch 上傳文章後，最近則是我先出現，看了滿開心的。

有時候，我也會搜尋我的職業「演講稿寫手」。在以前，這樣子搜尋的話，只會出現青瓦臺前總統祕書官兼演講稿寫手姜元國的名字，至於現在，則會出現幾篇我的文章。彷彿找到利基市場（按：已有市場占有率絕對優勢的企業，所忽略的某些細分市場）似的，我很引以為傲。

我之所以會沉迷於寫作和寫書，其中一個原因是，這完全是靠我的才能和努力創造出來的東西，而不是繼承下來的資產。

我沒有可以繼承的房子，所以根本不會夢想成為擁有許多房產的人，但是，我想成為擁有許多故事的富豪。我想透過寫作，將我的經驗和想法拓寬，並分享出去。

圖 5-9　讓你靠寫作賺錢的熱門創作平臺

臺灣人都在用哪些寫作平臺？

在此介紹 3 個讓你可以靠寫作賺錢的創作平臺：

1. **方格子**：提供訂閱、贊助、付費文章等營利方式，為臺灣寫作平臺。
2. **WordPress**：全球最流行的寫作平臺之一，但作者營利方式僅限於廣告等非訂閱方式，較適合本身自帶流量者。
3. **痞客幫**：臺灣最大寫作平臺，廣告費用低，但流量大，可插入 LikeCoin（按：一種加密貨幣）按鈕，透過讀者按讚的方式獲得報酬。

第六章
想在公司混得好，就要學寫作

作家精選

職場和職業，好像可以決定一個人的社會地位；社會性地位，彷彿能夠左右那個人的內在和性格，我則是帶著低階公務員的身分，所以脫離不了低階公務員的性格。

——《漂白》，韓國記者兼作家張康明

1 文章要有脈絡，一切才有意義

不會寫作的李組長，已經在鐘路五街（按：位於首爾中部的鐘路區，為許多重要地標的所在地）某家歷史悠久的公司，上班第二十五個年頭了。她的話語中，充滿了各種指示代名詞（這個、那個、這些、那些）。

「不然那個，就先這樣做，不然的話，那樣做也可以吧？」

可憐的組員們。整天為了猜她在說什麼，有苦說不出。李組長所說的話，有講跟沒講一樣。

李組長以一個小時為單位，不斷的更新指示。明明剛剛還說要走內線道去釜山，沒多久又像跳針一樣，反問是不是一定要去釜山。她以為在隧道內變更車道，或在高速公路掉頭很簡單。

有一天，我鼓起勇氣開口說道：「組長，您可不可以把業務上的指示，用電子郵件或便條紙寫給我們，短一點也沒關係。」

這句話看起來沒有什麼，但要跟主管說這句話，還是讓我的心臟怦怦跳。就像是在比賽跑一百公尺時，跑最後一名，然後被帶去見老師的小學生一樣。不知道她是不是覺得我在挑戰她的權威，她回覆說，她其實也這麼想的，然後若無其事的說著一些不加修飾的話語。情況變得更複雜了。

李組長說話一直都很模稜兩可，常常把底下的人逼到快發瘋。接著，她便在一旁觀察，如果運氣好，就奸詐的笑著說：「那就是我剛剛想的！」如果失敗了，就討人厭的說：「吼，我就知道你會這樣，你就這麼不懂我的想法嗎？」

最神奇的是，李組長這二十五年來，不要說寫一份報告書，連一行字都沒寫過。她靠著轉達指示的右手食指，和聽到上頭指示後，大聲複誦「我知道了」的嘴巴，以及最適合加班的沉重屁股，在這間公司撐了很長一段時間，長到幾乎都快變成化石了。

但是，想要做好工作，你不能只說話，還要會寫作，因為說過的話不算數，只有記錄下來，才能當作「真的討論過」的證據。工作時，就算不是馬上，之後也一定要用文字留下紀錄。如果能用文字寫下來，就可以分享，周圍的人也比較好檢視。一同執行業務時，也比較能一邊看、一邊修正。

越好的想法，越應該用文字保留下來；越模糊的想法，則更應該寫下來，使其變得清楚。把想法轉換成文字的面貌，那個想法就會變得更確實。

如果你的主管，老是想要只靠講的隨便帶過、逃避將東西記錄下來的話，那他肯定是想著，要是出事了自己該怎麼脫身，那種人沒有當領導者的資格。

李組長不寫字的真正原因，是因為她沒有任何想法。這不是反諷，而是指她真的沒有想法。因為她沒有整理好想法，所以自己沒有辦法寫出文字。雖然聽力、閱讀、溝通能力都很純熟，但對於寫作，卻極為陌生。

她只會將上頭給的指示，像鸚鵡一樣複誦。她自己指示的事情，都沒辦法用一行字整理出來，導致底下的員工拿不出令人滿意的成果。可悲的是，她似乎真的完全沒有寫出自己想法的能力，到最後，因為連簡短的電子郵件都沒辦法自己寫，如同被趕走一般的離開公司。

在鐘路的另一角，有另外一名「只要數字」的金董事。以前在其他公司的稽核部待過的他，相信「數字組成的世界沒有漏洞，完美無缺」。然而，這個想法過了頭，他只接受數字整理的表格報告，如果有人給他看一點文字，他連一行都不看，就先丟一個問題：「幾個字？」

你可能很難相信，但金董事把文字的量，拆到以每一個拼音為單位計算，還叫部屬算出每個單字的使用頻率。他也經常忽視文章脈絡，隨意拆開字句，然後把剪下來的內容機械式的亂貼。

就算跟他解釋，如果修改了某個寫法，那其他相關寫法也要一起修改，他還是無法理解，因為他不覺得文章也是有生命的物體。

當然，就像金董事的想法一樣，公司的業務大部分都由數字構成。不管是銷售額、營收利潤、研究費用、翻桌率等，這些都是數字。數字也是減少扭曲訊息的優良工具，例如，比起說「讓我們成功」，不如說「二〇二〇年，要達成營收利潤比率五％」，這麼做能訂出確切的標準。

圖 6-1　兩種不會寫作的人

寫作盲李組長

- 用很多指示代名詞（這個、那個）。
- 說話模稜兩可。
- 一下說這個，一下又改變心意。

經典語錄

「不然那個……就先這樣做？！
不然的話，那樣做也可以吧？」

只要數字的金董事

- 文字一概不看，只靠數字做事。
- 忽略文章脈絡，機械式的亂貼資料。

經典語錄

「幾個字？算出每個單字的使用頻率！
不用面對面報告，所有東西都用數字
整理給我！」

金董事最大的優點，就是他的目標數字永遠不模糊，然而，數字並不是溝通的全部。數字不能完全取代文字，因為人類並不是接收「零和一」的電腦。數字，一定要重新用文字解析，融入句子中成為一個脈絡。**文章要有脈絡，一切才有意義。**

全心全意的整理表格、挑出錯誤數字、計算函數公式的金董事，看起來完全不想和其他人對話。別說親手寫一篇文章了，連幾行字都不寫，成天只會看著 Excel 檔。他甚至也不做面對面報告，要求大家以後所有東西都要用數字說。他不和人們用言語對話，卻深信自己會步步高升，不過，某一天卻落寞的被派去了很遠的地方。

這兩個人的故事是不是很像寓言故事？其實，有九〇％是真實的。如果李組長和金董事，懂得把自己的想法寫出來，或許就能有一個比現在更美好的結局。

可惜的是，他們不知道上班族越要往上爬，就越該好好寫作。**想要在公司混得好，就要學習寫作。要寫得好，才能保住工作。**學習寫作，代表你想在公司過得好。

雖然我很想跟他們兩個人傳達這個金律，但也沒辦法，**畢竟他們不常閱讀**。

2

難懂的事，就得寫得越簡單

完全是文組生的我，到現在還是不太理解什麼是三角函數。數學和物理對我而言，還是一樣陌生且艱難。高中畢業後，我就只讀小說，直到某天讀了英國作家理查·道金斯（Richard Dawkins）的《自私的基因》（*The Selfish Gene*）後，我的想法才有了改變。

那時，我頭一次知道，原來科學也能這麼有趣。

更加讓我驚豔的，是以色列歷史學家哈拉瑞（Yuval Noah Harari）的《人類大歷史》（*Sapiens*）和《人類大命運》（*Homo Deus The Brief History of Tomorrow*）。就算這兩本書，不是將歷史、考古學、哲學、美術、工程一網打盡的百科全書，但光是文字的流暢度，就足以被視為文學巨作。

如果有人說哈拉瑞是科幻小說家，我也會相信。我再次感受到，**好的文章，其實就是寫得簡單的文章**。

沒有一誕生就很了不起的想法，一開始，每個點子，都不過是你我曾想過的平凡想法，但是，有人懂得在其中，找出人類共同的特別意義，並將其簡單說明，隨著時間流逝，自然被驗證為了不起的想法。

精神分析學創始人西格蒙德．佛洛伊德（Sigmund Freud）的《夢的解析》（*Die Traumdeutung*），就充滿了這類了不起的想法。當你讀這本書，一定會想著：「對！我就是這樣！」然後沉浸在書中的世界裡。

值得注意的是，這本為精神分析界帶來轉捩點的作品，裡頭的內容就像短篇小說集一樣，每篇都很有趣。這是因為他的語言並不冰冷生硬，也不會使用同行才懂的術語，而是用市場和街頭可聽到的生動比喻和象徵，小心翼翼的說明。

他將記憶比喻為「神祕的白板」，這點尤其令我感到驚訝。白板是大家都知道的東西，上面寫了字，可以再擦掉，很多小孩子會拿來玩。雖然表面上看起來，擦掉之後就像沒有寫過一樣，但如果仔細看，底下其實仍留有痕跡；用力寫的字，會在底下殘留很久，輕輕一劃的則會留下淺淺的痕跡。

而記憶就像這樣，在那上面層層堆疊。所謂潛意識，就是表面上看起來什麼都沒有，卻在無意識中停留下來的東西。

我想，沒有比這更好的說明方式了。佛洛伊德其實精通文學和哲學，甚至在一九三〇年獲得歌德獎（按：高榮譽的德國文學獎）。

如果你要寫的文章，不是比《夢的解析》更艱澀、奇妙、驚世的故事，只要透過努力，其實理工界的所有理論，都可以寫得很簡單。

至於公務員的文筆，也是數一數二的「厲害」。以前韓國曾經有「Vogue 智障體」（按：在文章中過度使用外來語，尤其是英語、法語等，為韓國時裝圈普遍使用的文體）的貶低說法，其實就是在嘲諷時尚雜誌特有的奇怪文筆。

照這個說法看來，可能也有所謂的「公務員煩躁體」吧？其實，我偶爾會接觸到這種草稿，因為印象太深刻，就把它存了起來。以下是完全沒有修改過的草稿，雖然有這麼多個字，卻看不出重點在哪：

■這種文章的重點，到底在哪裡？

這是為了創造出卓越獨特的生產方式改革，所以集中在公司全體創新能力，然後透過對內對外推動改革體制的建立及中長期總計畫的樹立，好讓全體國民能夠確實感受到的可預期改革成果創造計畫。我們會盡快建立以和公共機關合作網路為基礎的策略，日後也會繼續推動實際能夠改變國人生活的永續可行改革。

在這段文字裡，根本沒有任何可以換氣的地方，哪邊在指什麼，也完全看不出來。修改這份稿子，簡直是一場惡夢。公務員煩躁體，有三項特徵：一、反覆出現類似單字和寫法；二、濫用翻譯腔；三、無意義的冗長字句。像是「透過開發專案模型推動提升利潤」這種不知所以然的句子，我真的看過太多次了。

另外，翻譯腔的寫法，近來實在太常見，導致很多人根本沒發現問題在哪。舉例來說：「他的提議不被他們所接受。」這個句子源自英文的被動語氣，所以很常被這樣翻譯，但其實，翻譯成更直接的「他們不接受他的提議」，會更好理解。其實翻譯腔也不算錯，只是，若能盡可能減少這類型的寫法，文字看起來會更精簡。

避免不必要的連接詞、正式詞彙、縮寫

公務員文字的另一項特徵，就是很喜歡用不必要的連接詞。另外、所以、然而、儘管如此、仍是、因此等字，像口頭禪一樣經常出現。這是因為他們將本來是以項目編號的報告，轉換成文字，才會變得如此生硬。他們怕對方沒辦法理解文章的邏輯，所以硬是將「這是原因」、「這是結果」等字塞進去，害句子變得很奇怪，簡直就像是用三秒膠硬黏起來一樣。

另外，「暨」是演講稿寫手最最需要注意的單字之一。當我們讀一篇充滿這個字的稿子時，會不自覺的受到它的正式性影響。比方說，若把句子寫成「供給水分暨營養」，會給人一種莫名正式的錯覺，其實只要寫「供給水分和營養」就可以了。

其實，前美國總統理查．尼克森（Richard Nixon）的演講稿寫手威廉．賽法爾

（William Safire），就在他的著作《耳朵借給我》（*Lend me your Ears*）中，建議讀者小心無法傳達的單字。

他的意思是，無論那個字用起來再方便、再好看，如果唸出來不太通順，就一定要再想想，是否有其他更好的單字。如果還是想不到，就要大膽刪除。這就是演講稿中，不應該出現過多正式詞彙的原因。

若將寫作比喻為蓋房子，連接詞就像是連接磚塊和木頭的釘子。如果釘子會凸出來，到處戳進別的地方，外型就不太美觀，且相當危險；連接詞越多，句子就會變得越寒酸，反之，接續副詞越少，看起來會更簡潔俐落。

如果內容邏輯通順，其實句子之間，不一定要特別加連接詞。我在寫這本書時，也努力盡量減少使用連接詞，要是使用了句子會比較通順，那就保留。如果你有興趣的話，可以數一數我用了幾個連接詞，再告訴我一聲。

只要不放棄，就算是理工生和公務員，也可以寫出好文章。不需要召喚亞里斯多德（Aristotle）、柏拉圖（Plato）、艾薩克・牛頓（Isaac Newton）、孔子、孟子，也可以寫完句子。

同時，也不要使用過難的縮寫，像是RE100（按：由國際氣候組織與碳揭露計畫，主導的全球再生能源倡議）或RTP（按：即時傳輸協定，一種網路傳輸協定），或是一般人難以猜到意思的艱澀單字，像是擬寄生（按：介於寄生和捕食之間的中間關係，幼蟲期寄生宿主體內，後期將宿主殺死）。

越難的內容，越應該寫得簡單。原本就不好理解的事情，還是寫得很難懂，這種事人人都會。

如果你一定要寫那個字，那就要說明得很簡單。比方說，你可以用其他事物比喻、舉例說明、分類、區別或定義。若不如此，等於你根本也不太懂就寫出來，反倒給人傲慢或不負責的觀感。

為了讓文章看起來比較有格調，而故意寫得很難懂，那叫做威權；要求別人的文章要寫得簡單，自己卻寫得艱澀難懂，那是不公平的交易。各位老闆，這種人，千萬不可以讓他升遷啊！

3 幸虧有這些場面話，世界才能運作得如此順利

「我這個人哦，不懂得說場面話啦！」看到把這句話當成優點在講的人，我都會替他感到擔心。這種人，如果不開心就一定要表現出來，例如，就算再怎麼討厭經理，聚餐時多講一句「謝謝經理」就好了，卻偏要插一句「我不會說沒心的話」，毀掉聚餐氣氛。

他可能覺得：「反正我就是個性率直。」但這其實，就是不懂得看眼色、不夠體貼的意志。

反過來想，其實我們每一天的力量，都源自「懂得講場面話的人」。這次考核沒能升等，周圍的人說：「下次一定會順利升等的。」於是我們得到安慰。

自己一個人加班時，經理一句無心的「不好意思，我先走了」，至少會讓你快要按耐不住的煩躁消失一半。就算做了再辛苦的事，只要聽到一句「謝謝你的幫忙」，你至少也會禮貌性的回覆對方：「沒有啦，應該的。」

如果聽到這句話，卻回覆：「幫個屁，你以為我還會被你哄過去嗎？你這傢伙！」那這個人的社交能力明顯不足。

至於演講稿寫手，就是成天煩惱，要怎麼將場面話寫得通順達意的人。就算去年一整年再怎麼慘，在新年演說時，也要先點出優點稱讚，比如：「謝謝各位在不景氣的情況下，還能做出有意義的成果。」

就算你再討厭手下的員工，也要說：「希望各位新年好福氣，身體健康、幸福快樂。」如此一來，彼此都能感到放鬆自在。儘管勞資關係不佳，也要說一句：「只要我們齊心協力，什麼都做得到。」

想把場面話說得漂亮，其實比想像中還難。你必須觀察對象、理解對方的立場，並花上相當久的時間，思考「這個人最想聽到什麼話」、「說什麼話才能讓關係變好」、「當下最需要說的是什麼話」。

只要拋出適當的場面話，本來講不太出口的話，也能順利的接下去。就像是咬碎凍住嘴脣的冰塊一樣，彼此總算能夠進行有意義的溝通。

若是締結MOU（按：又稱合作備忘錄，一種表達意向的文件，表示雙方或多方對於彼此該做什麼事有相互認知，但不具法律效力）的場合，就要清楚告訴大家「此次完成協商有多開心、對我們有多重要、我們期待的是什麼」；追思殉職員工的場合，要充分表達「公司受到多大的恩惠，平常有多感謝他意義重大的犧牲」、歡送提前退休的員工時，則要提到「公司有多珍惜你們，並以你們為豪」，確實搔到癢處。

若是針對事件、事故、災害的致歉文或官方立場聲明，就要有策略的在最前面放上：「我們深感受害者的痛苦，也感到非常擔心。」撰寫歡迎致詞或祝賀詞時，則要先表達感謝：「有各位的莫大辛勞，才能讓我榮幸參與……。」並強調「能夠一同參與這意義重大的場合，讓我十分開心」。

在需要場面話時，如果完全不說場面話，或是說得不夠，都會讓人感到有點心寒和尷尬。

包含著心意的場面話，我想就不能叫做場面話了。充滿心意的，應該叫做「心意話」，話裡蘊含著體貼和感謝，可能是在致歉，也可以是在祝賀。如果能把心意話說得自然，就會讓人和人之間的關係，變得更柔軟。

就算是一不小心就可能斷裂、毫無恢復機會的惡性關係，說出你的心意話，也能幫忙創造出一些彌補機會。

場面話和虛情假意的空話有很大的差異，因為場面話不是惡意的謊言。雖然不到用心良苦，但是替對方著想，並將那份心意用言語表達出來，其實很令人感激。

如果你因為怕麻煩、覺得辛苦，就省略這些話不說，那你就無法和對方坐下來好好對話。因為你說不出正文，當然就無法講結論。**如果你不懂場面話的用處，就無法進行有效的對話**。

我們四周就有很多蘊含著溫馨關懷和智慧的場面話。有時候我會想，幸虧有這些場面話，世界才能運作得如此順利。我們不就是靠著「謝謝、恭喜、對不起」，才能在被罵得狗血淋頭之後，隔天依然鼓起勇氣、出門上班的嗎？

4 寫作就像打電玩，不斷寫才能晉級

我們周圍有不少看起來很相似、仔細看卻不同的單字，像是固執和信念、休息和怠惰、誤會和不信任，以及奉承和忠誠。

給各位一個提示，這些字的差異，不在於大小或方向，而在於持續性。這個行動或行為是僅止於某段時間、還是相對長久，就是分割它們的差異。

一個不願意改變想法的人，堅持了一、兩次，叫做固執，一輩子都堅信的想法，則叫信念；偶爾喘口氣叫休息，每天都喘「一百口氣」，則叫做怠惰；不小心弄錯一次，是誤會，到死都不願意相信，則是不信任。

至於**奉承和忠誠，想要升遷，兩者都是不可或缺的元素**，但細究起來，卻是完全不同的單字、性質也相差甚遠。一開始很難分辨，直到過了某段期間後，才會看出它們鮮明的差異。

奉承，是配合某個人的心情，有目的性的獻媚。為了讓對方滿意，甚至不惜做到毀滅自己的地步。然而，如果一無所獲，他們就會即刻停止，比如，過分稱讚外表或打扮、不怎麼厲害的能力，卻把它說成蓋世武功、已經過時的笑話，還笑到流眼淚，這些都是奉承的行為。

至於忠誠，則是基於極為真誠的心，所表現出來的言語和行為。因為喜愛或尊重某一個人，為了守護對方，不惜犧牲自己。就算不會獲得什麼，仍舊以禮相待，像是想學習某人的品性或能力，或是將對方放在自己前面的心意。

在寫作的領域中，也有這種看起來很像、卻不一樣的說法——就是「想寫作」的心，和「寫作」的行為。

如果一直停留在「我要不要也寫看看」的想法中，是一股流行，那麼，「我今天也要來寫」就是文化。最近很多人開始對寫作感興趣，我從未見過這樣的熱潮，這當然是一件很值得鼓勵的事，但可惜的是，很多人經常把因為流行而開始的寫作，和融入人生中的寫作文化搞混。我也看過有些人，嘴上說想寫作，卻一個字都沒寫。

多次入圍諾貝爾文學獎、卻遲遲無法摘得桂冠的村上春樹，在他的隨筆散文集《身為職業小說家》中，他將寫作比喻為職業摔角，表示：「要上到擂臺很容易，要長久的留在上面卻不簡單……但更重要的是，需要具備某種類似『資格』的東西。」

這個特別的資格，和與生俱來的天賦不同，要怎麼確認自己有沒有資格？村上春樹說：「答案只有一個，就是試著實際丟進水裡，看看會浮起來還是沉下去。雖然是粗暴的說法，但人生似乎就是這樣……儘管如此還是想寫、非寫不可的人，才會去寫小說。」

決定是否可以繼續待在擂臺上的，就是「無論輸贏，仍舊想上擂臺的意志」，無論會受到人們的揶揄、還是歡呼，只要有體力就會站上擂臺。

只有決心願意受盡折磨的人，才有那份資格。同樣的，無論寫什麼樣的故事，最後一定會有人批評，所以，只要想著不管其他人說什麼，我都不會受影響就好。你可以這麼想：「既然不管我怎麼寫，都會有人說閒話，那不如就寫我想寫的就好了！你問為什麼？因為寫我想寫的，我就很開心！」

村上春樹還表示，如此寫下的東西，層層堆疊，總有一天會達到一個分量。若創造出一定水準以上的分量，就會獲得時間的認證，甚至可以挖到名為「原創性」的寶藏。**村上春樹認為，寫作就像電玩遊戲，只要不斷晉級，就能一層層的通往全新的世界。**

他所強調的原創性，指的是「新鮮、有活力、屬於自己的一些東西」。想要擁有原創性，就要持續付出努力、問問自己是誰，就算現在寫得不好，只要繼續寫下去，那些故事就會成為「發財金」。只要讓它生利息，餘額越滾越多，就會生出你的原創性。

我們這些上班族，也需要原創性。減少下班後的聚會，在出差的路途中打開筆電、在地鐵上用手機做筆記、週末到星巴克假扮成作家，這麼一來，就能擁有同事、前輩、主管所沒有的原創性。

這和年薪及升遷，是不同的問題。原創性，不能假借出身背景或奉承的幫忙來獲得，唯有不斷寫作，才能擁有。

5

我這樣把粗劣草稿變動人文章

「沒多少分量，應該很快就好了吧？」、「我很急，今天之內一定要麻煩你做完喔！」、「這很重要，你先幫我做。」

聽到這種話，就能感受到自己的壓力指數直線上升。按我的個性，真的很想回敬他們一句：「沒多少的話，那你自己做！」、「自己時間不掌握好，還跑來要我趕？」、「很重要的話，你要提前講啊！」當然，每次都只在腦海裡想想而已。

更令人煩躁的是，很多人都不附任何說明，就要求我把品質粗劣的草稿改成動人的文章，但是如果完全不提供材料，任誰都寫不出來。我遇過最惡劣的情況，是對方連一張註明時間和發表場合等資訊的紙條都沒有寫。如果不是魔法師，怎麼可能無中生有？這是要我自己編小說嗎？鬱悶的心情，實在無處可訴。

如果要他們重新發草稿和參考資料給我，他們還會說出這種不負責任的藉口：「我真的不太會寫文章。」又不是請他們寫出完整的文章，只要簡單寫下「究竟要寫些什麼」就好，不知道是不是嫌麻煩，有時候他們就會像這樣，假裝聽不懂。

每一個活動，背後都有準備該活動的理由、與席人士的期待、與過去活動的共同點或相異處、日後推動計畫等細節內容。活動主辦人究竟是我們還是別人、若要參加其他活動，我們是第幾位貴賓、參加者和執行長的關係如何……，這些細節，都會決定演講者的語氣和態度，細節不同，這份演講稿很可能就會有一百八十度的轉變。

該如何調整態度和語調，就是決定文章內容的重要因素。舉例來說，如果是克服過了過去失敗或失誤、重新出發的立場，那就要表現得謙虛、有條理；若是不得已參加某個場合時，只要符合形式即可。若是現在才要開始建立關係，就要特別表現出親密感，無論如何，都要賦予該次會面一個好意義。

偶爾會有一些人，不給我任何來龍去脈或參考資料，就強迫我趕快幫他改稿，就像是在說：「你閉嘴，只要改文法錯誤就好。」我要看的是整個文章脈絡，不是只有文字。身為擁有專業技能的上班族，我的自尊心和良心，都不能容忍這種要求。

我最討厭的，是「對不起，可不可以這次大概幫我看一下就好」這句話。這句話的意思是，我不需要檢查，你只要替我保證「這是演講稿寫手確認過的發言稿」就好。我覺得，要是隨便處理，還掛上自己的名字，以後出了問題，可能會被連累。雖然次數很少，但有時候我仍會鄭重拒絕這種要求，因為這樣子做事情，日後一定會出問題。

這種人，通常就是會告訴你「明天有活動，今天給我交出來」的主管或同事，一點良心都沒有。如果我受不了，跟他爭執，對方就會說：「因為是很突然決定要參加的，我也……。」在我面前叫苦連天。

雖然討厭，但身為上班族，總會面對一些不得不寫出來的情況。我只能深深感慨身為上班族的悲哀，然後預定加班行程。我自己就有幾次，因為真的沒有時間，只好熬夜寫出專欄文章的經驗。

有一次是業主去國外出差時，可能突然靈光乍現，所以在機場要搭上回韓國的飛機之前，跟祕書交代了一些事情，於是祕書緊急傳了訊息過來。當時是禮拜天的晚上九點，他要求我準備好草稿，讓他禮拜一上班後可以看。不過，雖說是草稿，但如果我真的當成草稿大概寫寫，可能就完蛋了。

雖然是深夜，但宣傳組、企劃組、業務組、現場單位、研究團隊，每個組都必須各派一個住得近的員工，召開緊急會議。每個人的身上，都穿著運動鞋、運動服，有些人還戴著帽子，看來大家都是急忙跑出來的。

我越來越焦慮，心想：「真的寫得出來嗎？」不安感就像有毒氣體一樣，堆積在我的腸子裡。

就算我試著想出好點子，腦袋卻好像細針一樣尖銳，彷彿第一次來到射擊場一樣，耳朵嗡嗡作響。我深吸一口氣，並打開電腦。那一秒，雖然我沒有表現出來，其實我很害怕，心裡一直想著：「萬一寫不出來怎麼辦？」

當時，有五、六個人盯著我的手指頭，真是煎熬。但是，只要寫得出來，這可能會成為證明自己能力的好機會。接近午夜時，大家帶著充滿歉意的表情回家，對我說聲加油。早上五點左右，我盡全力的寫出了草稿，再次確認重要事項、把電子郵件發出去時，大概已經是早上七點了。

我斜躺在休息室裡，把鬧鐘設定在三十分鐘後，結果不出五分鐘，手機就開始震動，原來，各部門的評估回信早已傳來。我揉揉眼睛，將再修改兩、三次的修改版本，於早上八點左右傳給祕書室。到了十一點三十分，業主已經確認完畢的萬幸消息傳來。看到這個訊息，我不禁喊了一聲萬歲，今天也成功守住自己的位子了。

這就是演講稿寫手不為人知的苦衷。尤其，在要寫新年致詞的年底或年初、有創立紀念日的那一個月，通常更為辛苦。大部分人認為理所當然的致詞，都要經過這樣的過程才能誕生。當然，辛苦程度會視情況而有所差異。

有時候，我也會想和同行聊聊天，但放眼望去，在韓國實在找不到幾位演講稿寫手，所以自然很難找到可以聊天的同行。其實，只要稿子能順利完成，我就心滿意足了。所以，要做這份工作，如果你不喜歡寫作、無法賦予自己寫作動機，其實很難做得長久。

我有時候會想，任職於一般公司的演講稿寫手都這麼辛苦了，那負責寫總統發言的演講稿寫手，不知道有多辛苦。首先，發言稿數量非常多，這是一般公司行號無法比擬的。新年致詞、總統發言、晚餐致詞、歡迎致詞、祝賀詞、答覆、願景、開幕致詞、總統談話、紀念致詞、慶祝詞等，每個禮拜肯定都有大大小小的稿件要趕。

而且，一般企業老闆的發言，通常不太會有人提出異議，但政治人物的發言，卻會因立場差異，而有相當大的分歧。無論配合哪個方向寫，新聞頁面下面的負評，從來都不會減少。要在這樣的環境下寫稿，真是光想像就令人頭皮發麻。我也很清楚，這不是任何人都做得來的事情，但要是有機會，我還真想寫一次看看。

6

大老闆的新年致詞，竟藏有升遷密碼

在韓國，每到新年，搜尋網站的首頁就會充滿「已亥年」（二〇一九）、「庚子年」（二〇二〇）等陌生的天干地支漢字；另外，還有「金豬年」或「白鼠年」等有趣的暱稱，以及介紹預測吉凶運勢的命理。

此時，政府、各家機構、各大企業，都忙著在始務式發表新年致詞。所謂新年致詞，主要談的是過去一整年的成功與失敗，同時展望未來，分享新年新希望。媒體和新聞頻道，都會用不同角度分析這些內容，寫出很多類似「從新年致詞看〇〇」的報導。

很多人都覺得，新年致詞就像是韓國新年必吃的年糕湯一樣，只要時間到了，理所當然就會出現。但其實，在這個世界上，沒有什麼是理所當然的，想要在新年端上年糕湯，得先有人做年糕，並將其切成適當大小。

高湯要先用海鮮或肉熬煮，然後煎出薄薄的蛋皮、炒蔬菜絲，最後，再將材料精心裝進碗裡，加上點綴，才能端出新年的第一餐。沒有任何一碗年糕湯，是莫名其妙蹦出來的。

新年致詞也一樣，每年一月一號，就會出現在我們面前。如果沒聽到，反而會覺得有點空虛，不過，奇怪的是，沒有人會認真傾聽。

大部分人都說，反正不聽也知道會講什麼，所以根本不在乎，但其實新年致詞並不是空有其表的華麗詞藻，那些言語中，有著組織過去、現在和未來的主體意識，可說是最重要的話語。

總統的新年致詞，完整展現出當今政府如何看待社會、關注哪些問題，除此之外，我們的國家是什麼模樣、總統與國民之間有什麼約定、大家要一同完成的時代性課題為何，這些重要話題，都放在這份新年致詞中。

所以，光是按時間順序，看看歷屆韓國總統的新年致詞，就可以看出韓國的歷史演變。

李承晚（第一～第三任）和尹潽善（第四任）的致詞，強調法律與秩序；朴正熙（第五～第九任）則經常提及經濟和產業，崔圭夏（第十任）則在這上面，再加上外交一詞；到了全斗煥（第十一～十二任）的任期，則再次出現法律和秩序。

社會福利一詞，第一次出現於盧泰愚（第十三任）的就任演說上，金泳三（第十四任）和金大中（第十五任）的新年致詞中，則同樣出現「經濟發展」和「維持秩序」這兩個熟悉的字句。

至於前任總統文在寅（第十九任），在新年致詞中則放進創新、包容、繁榮、和平、統一等字眼。寫什麼關鍵字進去，代表了領導者的想法，這是他執政的價值觀，也是國家運作的基礎。

公司的新年致詞，也是同樣的道理。致詞中訴說著公司目前的地位，以及未來要走的路。開場時，先提出去年的銷售和營業利潤，接著談油價及匯率，分析市場變化及競爭業者動態。

到了正文，則用三星經濟研究所（按：隸屬於三星的私營智庫）或LG經濟研究院等研究機構的統計資料，預測國內外的經濟環境。然後，再親切的列出幾項叮嚀事項，而且通常不會超過五項。

所以，新年致詞絕對不是兩三下就能寫出來的東西。這是很特別的文章，需要祕書室、宣傳組員工、幾個相關部門，和像我這樣的演講稿寫手，一起耗上好幾個晚上腦力激盪，才能勉強寫出來。

每到年底，我就要特別去找執行者於這段期間的受訪資料、研究報告、相關業界的全球動態等。甚至連業主最近喜愛看的書、年底是否有休假計畫，都要了解，就連他在臉書上發的瑣碎故事，也要全部翻出來。

這麼多人費盡心思完成的新年致詞，絕對不是可以小看的文章。只要你有好好聽懂新年致詞，就能配合領導者的視角，了解自己所屬的組織究竟想要什麼、領導者要求的關鍵能力又是什麼。

因此，新年致詞其實是執行長給員工的需求建議書（RFP，從客戶的角度出發，向服務商表達，為了滿足其已識別需求，所應做的準備工作）。只要好好讀懂題目，有時候，答案就在問題裡。這個需求建議書也一樣，只要你慢慢了解，受到重視、獲得升遷的機率就會提高。

如果我分明點了拿鐵，店員卻給我冰美式，我的心情當然很差。所以，如果領導人在新年致詞中，強調「挑戰的勇氣」，你就要知道，你必須強化RD（研究開發）能力；若他強調「企業多角化」，你就要朝市場多元化邁進。

幸好，新年致詞裡面，都已經告訴你要在哪邊打方向燈，什麼時候該踩剎車和油門了。在新年的一開始，就迅速抓到執行長拋出的訊息，並讀懂個中奧妙，這樣的人，在公司裡獲得成功，也是很理所當然的事。

新年致詞是先由多個部門一起擬出草稿，再由演講稿寫手綜合內容、轉換成文字，並由與執行長最親近的祕書室多次檢討，最終再經領導人親自確認的文章。所以，裡面濃縮了該公司的存在目的、現今地位，以及未來的樣貌。

好好解析新年致詞，就是為人處世的開始，也是升遷的關鍵。做與不做的差別，比想像中還大。現在，就去找找你的公司的新年致詞吧！那篇文章中，有升遷的祕訣，那就是你要找的寶藏。

第七章

最搶手的職業，會寫書的上班族

作家精選

「所以說我們正在越過黑色的海啊。這對我們的人生來說代表著什麼樣的意義呢？」

就算是在導覽手冊上也找不到這個問題的答案，這個問題的答案，唯有繼續經歷更多的人生才能探明。

隨著時間過去，你自然會明白越過黑色海洋的那個時刻，在你的人生中留下了什麼意義。

——《海浪本為海》，韓國作家金衍洙

1 你也可以當月薪作家

寫書，確實是很特別的經驗。會寫作的人，能夠將自己的經驗和知識有意義的記錄下來，並有效的傳達給某些人。雖然在現在，出書也不容易，但十年前要想出書，更是困難。有一本印上自己名字的書，幾乎就代表了經濟層面的成功及名譽，同時是社會地位的象徵。

如果想出版詩集、小說、隨筆散文、劇本等純粹文學領域的作品，那就要透過報社、雜誌社或出版社主辦的新春文藝（按：韓國每年舉辦的徵文活動，藉此發掘新人作家）進入文壇。

很多國文系或文藝創作系（按：類似臺灣語文與創作學系）畢業的作家會參

加，競爭率高得被人戲稱為文學測驗。直到現在，仍有很多文人藉由新春文藝出道。

要出非文學領域的書，同樣難如登天。若不是高階公務員、大企業高階主管、教授、藝人、律師、醫師等職業，根本出不了書。寫作的人在哪裡上班、做什麼工作非常重要。一個無名的上班族想出書，大概就跟人魚公主要在馬拉松大賽獲得第一名一樣，是不可能的任務。

所以，一直以來人們都認為，上班族和作家很不相襯。你如果是上班族，就不是作家，不可能同時擔任上班族和作家。一邊上班、一邊寫書，或是一邊寫書、一邊做其他工作，就像是把兩組反義詞放在一起一樣。

的確，在公司上班並不輕鬆，而寫作也不是那麼簡單的事。

「月薪作家」這個奇怪的單字，是最近才出現的。由「月薪」和「作家」兩個詞彙所組成，指的是領月薪的作家，大概等於寫作的上班族。某天小酌時，我誤以為自己靈機一閃，想到這個稱呼，還很開心說：「真是不錯呢！」結果上網一查，才發現這個字早就存在了，Google 和 NAVER 搜尋引擎上都查得到。

月薪作家，似乎不只存在於字面上。除了全職作家之外，我們身邊真的有很多人在寫作。經營便利商店，每天在發票上寫文章的奉達浩，把那些紙張蒐集起來，出版了《每天都去便利商店》；同時擔任插畫家兼大樓清潔員的金藝智，寫下了《我是清潔員》；任職於出入境管理局的公務員李清勳，寫出《飛行的世界史》，他們的作品都比我原本預期的還要有趣很多。

在全州（按：位於韓國全羅北道）當公車司機的許赫，寫了《我只是個公車司機》；曾是領鐘點費的講師，又身兼代駕司機的金民燮，則出版了《代理社會》；二十七歲當上女航海人員的金勝珠，寫下《我二十七歲，二等航海人員》。

若沒有這樣的書籍，我們就很難了解，那些與我們擦身而過的人們究竟有著哪些故事。月薪作家的全盛時期，大概還會持續一陣子。

身為上班族的作家，所寫出的超級熱賣作品，其中一本叫做《八年級生來了》（按：原書名為一九九〇年生，配合國情改為八年級生）。那本書說，現在還是基層員工、或剛升主管的八年級生，他們的特徵就是「簡單、有趣、誠實」。

乍看之下，會覺得這是本常見的「新世代白皮書」，但這本書從二〇一八年出版到現在，雖然已經過了幾年，卻仍非常受讀者歡迎。現今出版業不景氣，只要再版兩次，就是值得滿足的成績了，不過，這本書的再版次數竟高達一百刷，實在很令人羨慕。

該書作者林洪澤，一開始在CJ集團（按：總部位於大韓民國首爾的大型跨國公司）內部工作，原本負責新人教育，後來被調到分析客訴部門。成功當上作家後，據說，他現在專注於育兒和演講活動上，但寫這本書時跟我們一樣是上班族。

我的書開始有知名度後，最常被問到的是：「上班就夠忙了，你什麼時候寫的書？」其實，他們並不是真的好奇，這句話巧妙的融合了嫉妒和懷疑。「上班就夠忙了」才是提問的本意。他們是在問，有沒有在上班時間偷偷打混、做其他事情。

奇怪的是，自己做不到的事情，別人成功了，上班族卻不太會讚美對方、真心替對方加油，反倒害怕自己落後別人，浮現一股不安的情緒。你要是知道一個上班族出了書之後，周圍會有多少人費盡心思、努力否認你的辛苦和付出，一定會大吃一驚。他們的作為，彷彿在要求眾人都要活得差不多，他們才能鬆一口氣。

我反對這種陳腐的思想。我在公司工作，然後把工作上學到的東西寫成書，讓這些經驗和知識，產生良性循環，對於公司或上班族，這也是能共同成長、發展的好事。但是，我的期望也許有些天真，韓國職場有點冰冷、也很複雜，要是出書，彷彿會被視為背叛者，大多數人只會心想：「我們累得半死，你呢？」

但是，月薪作家不是背叛者。**他們可以維持上班族與作家，兩個職銜之間的安全距離，又能提高寫作的持續性，是一種新類型的上班族。**

無論各位怎麼看待月薪作家，但有一件事很肯定，那就是：月薪作家的出現，正在改變出版市場的型態。以前想要寫書，專業性、寫作能力、名聲最重要，但如今，讀懂人們的想法或趨勢，並將其呈現出來、讓讀者產生共鳴的能力，和你的企劃能力，才是重點。

這年頭，只要能夠讀懂社會趨勢，並找出獨特的風格，用自己的方式去敘述，任誰都可以寫出一本書。當然，有名又很會寫作的人，更容易出書。

我說月薪作家近來很受矚目，並不表示他們的書，像啟蒙時代的德意志哲學家伊曼努爾．康德（Immanuel Kant）的《純粹理性批判》（*Kritik der reinen Vernunft*）一般深奧，或是說他們的作品，寫得像趙廷來的《太白山脈》、法國文壇大師米蘭．昆德拉（Milan Kundera）的《玩笑》（*Žert*）一樣優秀。老實說，若和某些好看的網路漫畫相比，有些作品還是差了一大截。

但是，這些作品肯定有其獨到之處，許多也是反映時代的書籍。這些故事，不是從高處優雅的俯視社會，而是源自生活周遭各個角落的經驗，且充滿了敏銳的洞察力。類似韓國時事教養節目《生活的達人》（按：真實記錄努力達到匠人境界的人們的生活故事）或紀實節目《人間劇場》。

不知從何時起，民眾開始關心平凡但真實的故事。他們不好奇那些高傲、和我們生活在不同世界的一流作品，轉而喜歡有點親切、熟悉、書裡滿是人生體悟的三流作品。

我們隨口笑說，老舊且水準低的就是三流作品，但現在，三流這個詞彙，反而帶有「簡單、有趣、生動、帶給人不同感動」這種正面含意。

對月薪作家而言，最好的武器，很可笑的，其實就是寫作不是他們的謀生工具這點。正因為有別的謀生方法，所以不管是什麼故事，都可以隨時開始、隨時停下。而且，全職作家為了賺錢，什麼都得寫，但月薪作家的兩個職業，能保持安全距離，所以不需要急躁或勉強，和那些得經常重複寫類似內容的專職作家情況不同。

圖 7-1　月薪作家＝會寫作的上班族

相較於專業性、寫作能力、名聲，
共鳴和企劃能力最重要

上班族最能夠寫得好的素材，當然就是「上班族的生活」這個主題了。書寫目前做的工作，讓你得到的成就感及喜怒哀樂，最為適合。你可能會覺得「這種東西怎麼可能寫成書」，因而放棄寫作，甚至如此批評其他人的書，但事實並不盡然，反倒完全相反。

為了將無聊又平凡的日常生活寫成書，就要拚命的將自己的生活記錄下來，查找許多資料。細細查看自己的內在，並觀察外在事物，這就是寫書能帶給我們的喜悅，也是創造美好人生的態度。

我希望有更多人寫作、出書。請各位一起來感受，當自己和世界連結在一起時，蹦出來的那份感動和愉悅吧！在寫自己的書時，人生也一步步的在成長，希望各位讀者，也一起來品嘗這個滋味。

2

比名片更能創造收入——寫一本你自己的書

人們為什麼要寫文章、要出書呢？有人用拉丁文「Homo Scribens」來說明，意指「寫作的人類」。會用這個詞彙，是因為故事這種東西，是從沒有歷史和語言的時期開始，就一直流傳下來的，等於是人類的生存本能。

日本知名推理小說家宮部美幸說：「每個人都想說故事，而且是自己的故事、我的真實故事。」韓國女作家金愛爛在《噗通噗通我的人生》裡說：「人們生小孩的原因，是因為想要再過一次自己記不起來的人生。」

如果把這裡的「生小孩」，改成「寫文章」的話，意思也通。除此之外，對於我們這種上班族來說，還有幾個一定要寫書的原因，而且都很現實：

1. 寫作就是你的B計畫。

公司就是保證你生活無虞的鐵飯碗，這種概念如今已經很難看到了。韓國每年經濟成長率僅有慘淡的一%，公司已經準備好隨時裁員。過去那個只要和前輩套好交情，就能穩穩待在公司的時代已經過去了，情況有了一百八十度的轉變。

2. 讓你顯得更專業、增加優勢。

數位和無線通訊技術的發達，讓世人能輕易且迅速的得到所有資訊。我所知道的東西，已經不像過去那個時代一樣特別，現在只要動手搜尋，大部分的知識和經驗談都找得到。在資訊爆炸的情況之下，真假難辨，每個人都號稱自己是專家；此時，若能拿出一本屬於自己的書，自然比別人還擁有優勢。

3. 有寫書，你能工作更久。

上班生活有所謂的退休，但寫作這檔事，越有年紀寫得越好。光靠腦袋憑空想像出來的字句，無法超越用年紀和經驗創作出的故事。只要能夠持續寫書，就能將自己的人生分成準備期、成長期、興盛期等階段，有效管理職涯，還可能在過程中，發現離職、轉行、創業等嶄新機會。

所以，**上班族一定要寫一本自己的書**。如果你還停留在工業化時代，想將人生全部奉獻給公司，那就大錯特錯。當然，上班族不可能忽視人事考核、年薪、升遷等重點，我真的想說的是，公司在我的人生中，的確是不可或缺的一部分，但是，絕對不是全部。

我想再說一個有點不一樣、卻很類似的故事。有九七％的韓國上班族，表示曾在上班時間做其他事情，小至喝咖啡、散步、訂機票、買東西，也有人會看影片，有的人甚至會偷偷玩股票，或和朋友、家人討論週末要做什麼。

這些其他事，到了下班之後，會擴大成更多樣、更驚人的結果。有人去考了證照，有人和有影響力的人物建立交情；有人去學習外語，有人念了碩博士課程；有人成了網紅，也有靠音樂、美術等興趣，創造出屬於自己的新職業。甚至，還有人靠房地產投資以小搏大、創造財富。

至於我，除了工作之外，另一個我會固定做的事情，就是將自己的知識和經驗寫下來，並將其出版成書。就算不順利，也不會有經濟上損失。反正，那些想法不用，終究會像角質一樣被代謝掉，把它們集結起來寫成書又不花錢，不過是將現有的資源回收再利用而已。

寫了書，就能擴張我的經驗，和世界接軌，甚至能開啟第二個人生。例如，韓國作家具本亨，曾在韓國IBM負責經營革新及企劃實務工作，後來，他搖身一變，成為書寫潛能開發計畫書、同時改變他人人生的真正革命家，也是一名暢銷作家。

曾擔任韓國宣傳大使的韓飛野，在出版《風之女兒，跨出地圖吧》之後，開始從上班族身分轉換跑道，成為國際人道救援專家和探險家。讓他們踏上不同旅程的媒介，就是寫作這件事。

若你覺得要邁開這一步很困難，那麼，你可以從比較安全、容易獲得成果的小地方開始著手。比方說，如果你們公司有內部雜誌，你可以申請擔任公司內部記者，在部落格或臉書專頁上傳文章，換取小額的禮券或稿費；或者，你也可以下載前面介紹過的寫作應用程式，持續寫文章，或挑戰連載專欄幾個月。

我知道，光是做好工作就很累人了，還要持續寫文章，絕對不輕鬆；而且，上班族開始寫作，也不會馬上改變什麼，所以，拖延寫作也是很理所當然的。每天早上要上班、固定聚餐，還要聽神經病主管碎碎唸。

像我們這種上班族，想脫離枷鎖，簡直像中頭獎一樣困難。雖然很不容易，但若想擁有一點希望，就要持續寫下去。不寫，希望就不見了。

最後，搞不好還能把文章集結成書，運氣好的話，你搞不好還可以到處演講、發現意想不到的才能、創造額外收入。

如果你有在注意某些領域的話，一定也曾經想過：「這個程度，我應該也寫得出來吧？」如果你曾在書店讀了三、四本書，然後感到嗤之以鼻，那麼，這就是你開始寫書的最佳時機。

寫一本屬於自己的書，其實沒有想像中的困難，這個目標也非常吸引人。很快的，這將會變成一個以書取代名片的世界。如果太晚開始著手，日後就要獨自苦苦追趕了。投資講究的是時機，所以，現在就開始寫作吧！

3

跟出版社提案的基礎格式

寫書的過程，和找工作很像。只是，找工作要寫履歷和自傳，寫書要寫出版提案（或出版企劃書），這點最不一樣。履歷上寫的是申請動機、申請領域、進公司後抱負、業務能力等欄位，到了出版提案，則必須換成暫定標題、暫定目次、作者簡介、出版目的、競爭書籍分析等項目。

在下頁圖 7-2 中，第一點「暫定標題」就是書的臉龐。這就好像在為肚子中的胎兒取胎名一樣，像是小鈴鐺、壯壯、小彈珠，取一個好聽的暫定標題，等同對未出版的書的誠意和心意。就算只是暫時的，也不能用太落伍、太平凡的名字。

然後，若能再搭配上副標題就更好了。倘若主標題充滿感性，副標題就要有條有理，娓娓道來事實。

比方說，我可以模仿暢銷書《雖然想死，但還是想吃辣炒年糕》，將標題改成《雖然想離職，但還是想領薪水》，那麼，副標題就寫成「十年上班族轉當自由工作者的生存記」。

出版提案的第二項必要資訊，是暫定目次。雖然還沒開始寫書，所以也是暫時版本，但仍然不能隨便應付。要寫得像是書已經完成一樣，將主題、整體結構，以及草稿比

圖 7-2　出版提案基礎表格

類型	內容
1. 暫定標題	書的主題、重點、標題、副標為何？ → 讓人光看標題，就知道這本書在說什麼。
2. 暫定目次	這本書的架構為何？正文內容和順序為何？ → 盡量寫得清楚明瞭，配合整體結構和比例。
3. 作者簡介	為什麼我要寫這本書？對我而言，這本書的重要性在哪裡？ → 若有特別的經驗，盡量寫得仔細一點。
4. 出版目的	目前市場趨勢為何？誰會讀這本書？本書特徵為何？有什麼比競品更突出的地方？應該如何販售？ → 最後將這些資料，全部統整成一個大方向。
5. 詳細計畫	要怎麼分配進度？什麼時候要完成這本書？ → 提供具體又符合現實的行程。

例等，寫得越詳細越好。

本書的部分暫定目次，請見下頁圖7-3。因為我改過很多次，所以這和最終印刷出來的版本，有不少相異處。

定下截稿日期後，我將已經完成初稿和沒有進度的部分，分別用顏色區分，藉此監控我的寫作行程。開始寫了以後，也常常發現內容重覆，之後才將它們合併，或刪除其中一個。如果光用想的，可能會很混亂，但如果像這樣，事先整理出來，搞懂前後左右該放什麼，自然就一清二楚。

第三項是作者簡介，也就是將「我是誰」，直接介紹給編輯。並不是單純用隨筆散文介紹，而是要證明自己是有能力寫書的人，而且要寫得有說服力。舉凡學位、活動、職業、是否上過電視或廣播電臺、該領域相關的特殊經驗等，都要濃縮之後再寫上去。

如果你是第一次寫書，很可能會想不出來該寫些什麼。這種時候，也可以強調平凡之中的特別之處。比如：「人人都夢想可以離職，但很少看到十年間，換了二十份工作的上班族。」、「有高三子女的爸爸很多，卻沒有和高三子女環遊世界一年的

圖 7-3 《寫作，最強的商業武器》暫定目次

類別	章節
前言	演講稿寫手都是怎麼寫作的？
第一章 向寫作搭話	◆ 作家精選 ◆
寫作是什麼？該用什麼態度寫作？	1. 相同卻相異的想法：寫作是商品
	2. 上班族無法寫作的三個理由：三無現象（時間、素材、謙虛）
	3. 所以你也寫吧：寫作落差（Writing-Divide）
	4. 當你受不了，就更要多寫：從電影學習將日常轉換成文字的方法
	5. 《殺人的記憶》我一定要抓到：要孤獨且迫切，方能寫作
第二章 啟動寫作電源	◆ 作家精選 ◆ 李瑟娥《每當我哭，就變成媽媽的臉》
寫作該怎麼開始？有什麼辦法可以寫好文章？	1. 寫作的黃金時間：Write with “Why”
	2. 問知識＋，求谷歌大神：搜尋資料
	3. 敏銳的觸角和滿滿的語錄：蒐集－分類－模仿
	4. 如果我來教搞威王「朴贊浩」如何寫作？：簡短、簡單、精準
	5. 「要不要跟你說件有趣的事？」，這樣說一定不有趣：說與展現
第三章 提高層級的殺手鐧	◆ 作家精選 ◆ 奧罕・帕慕克《父親的手提箱》
哪些是好文章和不好的文章？該如何提高文章的水準？	1. 正中紅心：Sound Bite
	2. 每個單字，每個句號：一字之師
	3. 惡人先告狀：文法正確是基本
	4. 遵守、打破、創新：劍道的守破離
	5. 為什麼黃教安和金文洙剃頭時的表情不同：模式是一種體貼
	6. 不會做菜的人，也不會寫作（Feat.白種元）：食譜與組織要素
	7. 少少益善：破壞文章的「委婉」寫法和「雙重」寫法
	8. UV「對不起，我不夠酷」：斤斤計較的人才能寫好文章
	9. 強勢姐姐李孝利為什麼要大聲朗讀：朗讀的力量
	10. 《陰屍路》能夠拍到第十季的長壽祕訣：反覆與改變

爸爸。」

我將剛開始準備就業的時候，到歐洲用腳踏車旅行六十四天的故事，寫進我的第一本書——《腳踏車日記》之中。因為是第一本書，其實沒有什麼值得寫在作者簡介的內容。想了很久之後，最後用「放棄盲目找工作，為了尋找遺失的年輕熱情，在歐洲踩腳踏車的八十八萬韓元世代（按：和臺灣的22K一樣，用來指稱年輕人的低薪現象）」來介紹自己。

二〇一〇年寫的另一本書《三十歲，我談公司》，是觀察新進員工離職現象，將世代之間的立場差異和公司的結構矛盾，用小說方式寫成的書。我在那本書中，用「夾在罵主管的新進員工和罵新進員工的主管之間，兩面不是人的三十一歲小組長」來介紹自己。

二〇一六年出版的另一本書《宣傳組的公司生活》，作者簡介則寫著「待過代辦公司、中小企業、大企業，擁有多方領域宣傳經驗的十二年上班族」。我提到能夠增加專業度的客觀經歷，並提及過去出版書籍，讓編輯覺得我是一個可靠的作者。

有時候，會看到有些人把作者簡介當成炫耀自己的方式。比如說，在哪家大企業任職過、最高曾經做到董事、有MBA學位、畢業於知名學府等，秀出一堆響亮的招牌，但是，卻完全說不出和書籍的關聯在哪。就算你很想炫耀，作者簡介仍舊只能放入能為書籍增添意義的內容，因為作者的自我介紹，也是書的一部分。

作家金薰的自我介紹，則非常簡單明瞭、也很扎實，甚至可以說是令人感動：「一九四八年出生於首爾，二〇〇〇年之前，輾轉做過許多工作，著有小說《刀之歌》、散文《風景與傷口》等多部作品。」

他的作家簡介，完美符合前面提到的寫作標準：簡短、簡單、精準。

再來，第四項是出版目的。要寫出為什麼現在要寫這個故事（趨勢）、誰會買（預期客群）、誰會讀（預期讀者）、本書特徵（分析市場）、類似於哪些作品（類似圖書）、比其他作品更有優勢之處（分析競爭力）、如何賣書（行銷策略）。若不能將這些資訊統整成一個方向，這本書最好先不要出版。

第五項，就是具體又符合現實的「行程」，也就是詳細計畫。就算素材再好，若錯過時機，通常就會失去用處。在韓國，曾經有一句紅極一時的名言：「因為痛，才叫青春。」（按：源自作家金蘭都於二〇一〇年出版的散文書名），震撼了無數青青學子。但是，現在人家可能會反問：「會痛的是病人吧？怎麼會是青春？」

我在二〇一九年，聽到七年級生第一次說「八年級生來了」，感到大吃一驚，但在二〇二〇年，應該就會出現以「我是八年級生」為題，述說自己故事的人了吧！因為要趕上流行，才能受到矚目。**讀者的狂熱來得快、去得也快，書要出得及時，才能受到喜愛**。

最後，你要附上摘要。也就是說，你要親自寫出包含暫定目次在內的部分內容，在這個部分，要展現你身為作家的能力和文采，所以必須傾盡全力去寫。但是，也不需要寫到整本書的一半，就像預告片一樣，只要能讓讀者產生期待就夠了。

如果這些內容你都寫好了，那麼，出版提案的基本格式就算完成了。接下來，你要站在出版社編輯的立場，重新檢討提案書。

電影《教父》（*The Godfather*）中，有一句經典臺詞是：「我會向他提出一個他無法拒絕的條件。」各位讀者也一樣，如果你已經完成一份「令人無法拒絕的提案」，那就畫下句點，並想想該把這份提案傳給誰，出版社正在等待你的提案！

4 出版社給我的九十九種回覆

棒球中，投手拋出球的動作叫投球，而作家將稿子拋給出版社的動作，則叫投稿。就像快速球或變化球，要「砰」一聲投進捕手手套似的，我們也要將品質好的稿子，丟進編輯的懷中。

如果你不知道要將稿子投到哪裡，就到書店去找類似主題的書吧！找了之後，就可以輕鬆知道出版社的創立年度、代表作品、特色，還有他們的信箱。只要將這些資訊做成表格，就會有點眉目了。就算你不去書店，只要花上一個小時上網搜尋，也能夠找到很多資訊。

收到稿件的出版社，大約會有四種回覆：

1. 我們對你的內容很有興趣，可以約見面嗎？

這可是讓人相當開心的回覆。如果是這樣，他們最晚會在一個禮拜內聯絡你，代表出版的可能性非常高。若比喻成找工作，就是通過書面審查，接下來要和高層面試一樣。

大家都希望收到這種令人開心的回覆，但此等幸福，在一百人中，只會發生在一、兩個人身上。當然，如果幸運的主人翁是你就好了。

2. 收到了，我們會進行內部討論。

這個回覆帶有兩種可能性，一個是稿子不差，但他們還在考量其他因素，如果是這樣，你得耐心等待大約兩個禮拜。編輯也可能正在放假，或有人事異動，抑或忙於準備這個月要出版的書。

不過，如果等了四個禮拜，仍沒有回應的話，那就是委婉拒絕了，因為，大概沒有上班族可以連續請一個月的假。

3. 我們讀了您的稿件，但因為某些原因，和我們出版社不合。

看到這個回覆，也許你會很想知道原因，並回信詢問：「究竟是哪些地方不合？可不可以給我一點修改的建議？」但是，絕對不可以強迫對方回信或抱有期待。雖然不知道出版社想要的內容為何，但這的確是最有禮貌也最制式的拒絕方式。

4. 沒有任何回覆。

在現實生活中，幾乎八〇％都會遇到這種杳無音信的情況。對方肯定讀了信，但刻意不回信，這代表他們對這本書毫無興趣。真的忙到連稿都不讀的機率，不到一％，說得狠一點，就是覺得連簡短的回信都懶得寫。

委婉的拒絕、制式的拒絕、沒興趣的拒絕……，如果接連碰到這些情況，自然會使人想放棄。但是，在讀卡米利恩．霍伊（Camillien Roy）的《回絕小說的辦法》（*L'art de refuser un roman*）之前，談放棄還太早了。這本書的副標是：編輯回絕投稿的九十九種辦法。

在這本書中，作者分門別類，整理了各種超乎想像的拒絕信，其中，有一封信很篤定的拒絕：「我讀了您寄來的幾頁稿件，說實在話，無論是什麼情況，我們都絕對不會出版這個東西，所以希望您不要再寄這些稿件糾纏我們的編輯。」

再強硬一點的還有這種：「拜託，這位先生／女士。我的回答是不！不！不！非常肯定。你不用再寄了，這樣堅持下去也沒有用，這個決定絕對不會改變。我們對您的作品沒興趣，怎麼可能把這種東西出版？你的稿件只會讓人感到厭煩。」

神經衰弱的編輯，甚至會不惜說出這麼難聽的話：「從您的腦中產出的、那份超悲哀的三百頁垃圾，剛剛弄髒我的書桌了。您竟敢稱此為小說，看到那個可惡又可憎的東西，著實令我大吃一驚、驚嚇不已。」

霍伊為了可能已經千瘡百孔的準作家們，在書的最前面這麼寫：「我把過去我所收到、所有令人感到羞恥的拒絕回信都保留著，甚至還按照性質分類過。相信你也很快就會知道，編輯在拒絕無名作家的稿件時，什麼話都敢說。所以你看看這本書吧！然後，請一定要鼓起勇氣！」

成功在全世界掀起風潮的《哈利波特》（*Harry Potter*）系列作者J．K．羅琳

（J. K. Rowling），曾被多達十二家出版社很羞辱的拒絕，這件事眾所皆知。她被問到成為作家的第一個條件是什麼時，她回答：「面對拒絕時，也能沉著面對的彈性。」想成為作家，你需要強韌的內在力量，**就算是傷口，也要把它轉變為故事題材**。

可能很少有人知道，美國報紙連環漫畫《花生》（*Peanuts*）中出現的獵犬史努比（Snoopy），其實立志成為作家。儘管慘遇失敗、蒙受周圍的嘲笑，他仍舊稱自己為狗界的托爾斯泰（Leo Tolstoy，俄國小說家）、狗斯妥也夫斯基（按：改自俄國作家杜斯妥也夫斯基〔Fyodor Dostoevsky〕之名），每天晚上認真的敲著鍵盤。就算幾年來，牠根本沒有出書，每次還是唸著「那是一個夜黑風高的夜晚」的開場白。

可憐的史努比，說不定就是創造牠的查爾斯・舒茲（Charles Schulz），為自己畫出的自畫像。舒茲幼年多病，經過了漫長的無名歲月，最後終於成為漫畫家。小時候只覺得史努比的模樣很好笑，但牠努力寫作的模樣，現在看起來，卻讓人感到有點心酸又敬佩。

各位準作家們，不要花時間在擔心和懷疑上，像史努比一樣勤奮的寫作吧！

5

千萬不要衝動的辭職回家寫書

試著在搜尋引擎，鍵入「寫書」這兩個字吧！搜尋的結果，簡直就像是反映了寫作的熱潮，不僅有很多相關書籍，也有很多課程。有一些課程宣傳得太過誇張，不過，也有很多看起來很有幫助的課程。我想，對於剛開始寫作、或無法順利完成稿件的人來說，這類書籍或課程，應該能提供某種程度上的幫助。

在看這些資訊時，我看到了一些網站，讓我一邊點閱、一邊苦笑，同時覺得有點煩躁，甚至開始擔心：「真的會有人相信這個嗎？」有的甚至讓我覺得自己應該立刻報警。市場競爭過熱，就會出現不少騙子。

大部分的課程，通常都會請來有實力的寫作講師，但其中一定也有只知道招搖撞騙的詐欺犯。他們巧妙的利用準作家的野心和弱點，毫不猶豫的稱自己為「天才」或「魔法師」，也經常大言不慚的說出「我最厲害」這種話，甚至還會不時說出「您要相信我」的臺詞。

對於上課上到灰心的學員，他們會推薦一些對症下藥的進階課程，但是加強班的特別課程費用，幾乎跟大企業課長的月薪一樣。等到有點交情之後，也許就會再推銷你買下幾百萬韓元的祕笈，告訴你這很有用。

如果你因為費用而猶豫，他們就問你：「你不想成為作家嗎？」、「你只要跟著我，任誰都可以在一個月內寫出一本書。」用這些話讓你動搖。有時也會突然口氣嚴肅的說：「你寫書的話，很快就會賺大錢了，這點投資都做不到嗎？」

如果不太情願，他們就會拿出已經出書的學員名單，強調「我的學員簽約出版機率是九五％，其中大部分都能賣出五百本以上」。然後，再丟出那些出過書的有名律師、藝人、醫師、大企業主管、高階公務員的名字，說他們都曾跟自己學寫作。

當你好不容易寫好了稿，他就會要你出一些額外的費用，像是修稿、設計等，出書還需要另一筆費用。然後，他們會鼓勵你：「我們都做到這裡了，難道要放棄嗎？」、「我們一起加油吧！」

這時，你才發現老師的名字，和出版社老闆的名字一樣。這才知道，他敢保證一定能出書是有原因的，雖然最後的確是出了一本書，但仍然有種被騙的感覺。

這其實是我朋友的親身經驗，可能很難相信，但這完全是真人真事，我也希望這是謊言。你可能會很驚訝，怎麼會有人因為這種騙術上鉤，但真的有不少人，就這樣被矇騙過去。

我要在這裡說清楚，寫一本書，絕對不是靠補習就可以輕易做到的事，也不會因為寫了一本書，人生就突然變得不一樣。就像人不會一朝一夕變成大房東一樣，很多人辛苦出書，最後連一刷的兩千本都賣不掉。所以，很多人都被幻想沖昏了頭，準備得還不夠，卻因為急於獲得成就，而成為詐欺犯眼中的肥羊。

大概在十年前，韓國出版業興起過一股風潮——許多書名都套用「瘋狂〇〇吧！」這個框架。像是《十歲瘋狂讀書吧！》、《二十歲瘋狂理財吧！》、《三十歲瘋狂努力升遷吧！》、《四十歲瘋狂投資房地產吧！》、《五十歲瘋狂保養身體吧！》、《六十歲瘋狂過人生吧！》（按：以上皆為虛構書名），好像不瘋狂就會煩躁不安一樣。

看到最近的出版市場，尤其是寫作教學領域，讓我覺得，那股瘋狂的熱潮似乎又回來了。《出一本我的書：窮光蛋也能成為億萬富翁》、《離開大企業，開始寫我的書》、《從小學開始寫本我的書》、《寫本我的書，大學學測保證拿滿分》、《不找工作，我挑戰寫書》（按：以上皆為虛構書名）……這類書籍多到算不完，甚至到了令人害怕的地步。

當然，有越多人撰寫有自己風格的書，這個世界將會變得更有深度、更多采多姿。寫書，肯定能為人生帶來莫大的啟悟，每個人一輩子都應該挑戰一回。

對老年人而言，可以成為整理人生的機會；對孩子而言，可以成為學習寫作的好機會；對於弱勢族群而言，這是增加大眾意識的方式；對有學識的人而言，則是將知識傳播給他人的好方法。至於，對我們這些上班族來說，寫作是讓我們在公司外生存的超強「備胎」。

此時，我們一定要記住，所謂寫作，不是什麼創新革命，而是不斷的進化。你不能夠一次邁一大步，而是要慢慢往上爬，沒人能夠兩步當一步走。上班族要汲取自

圖表 7-4　從投稿到出書的完整流程解析

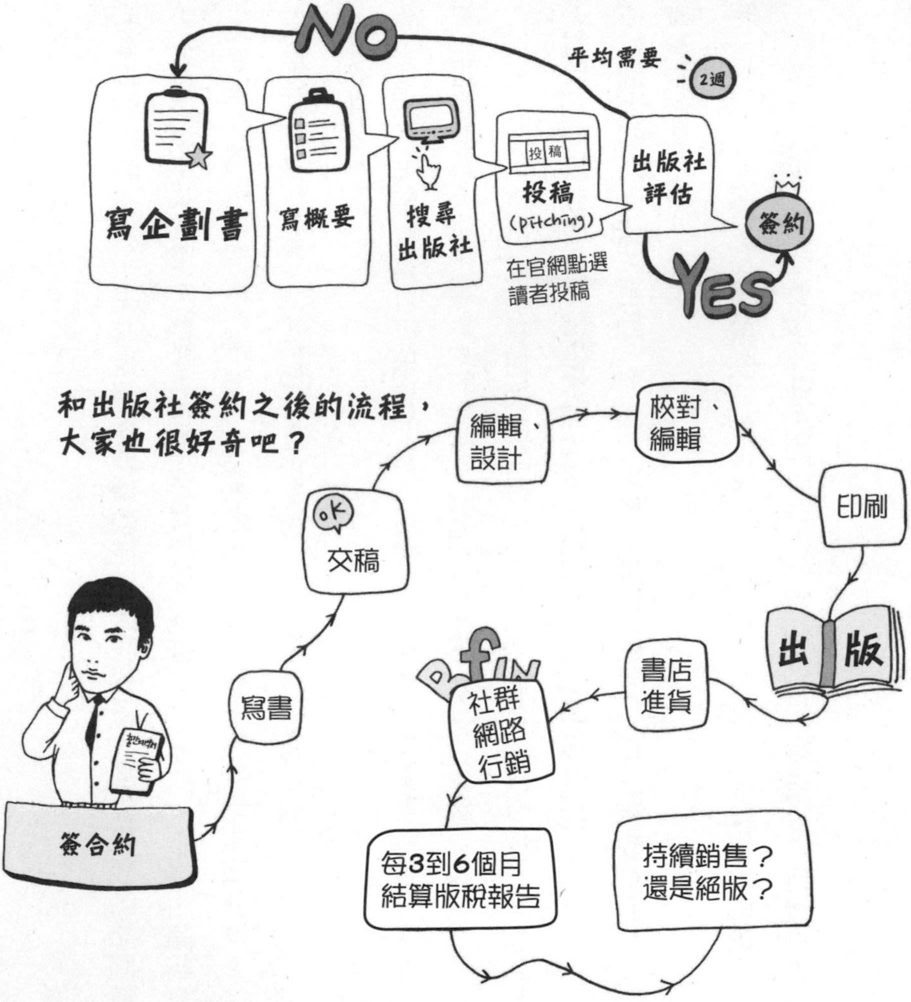

己工作和公司周遭的故事，慢慢練出自己的功力，再來寫書。

可能有人會說，明天我就要辭職回家寫書，但是請你一定要上班。如果沒有固定收入，就無法繼續寫文章。現在一個禮拜寫不到一個小時的人，不太可能在辭職後，突然一天就能寫上三個小時，而且就算你這樣寫，也沒人能保證那本書會熱銷。

寫出一本書，並不需要什麼魔法。若要比喻，我會說寫書就像是就業，你必須累積經驗，有了深厚功力，又有熱情去衝刺，才有進公司的資格。別想一次跨越所有標準、藉著寫書改變人生，否則，透過寫作課程斂財的生意人們，正虎視眈眈的盯著那些想走捷徑的準作家。

這世上，沒有既便宜又優良的二手車，也沒有免費的 iPhone。一個月內讓你變成數學、英文高手？沒有這種方法，只有一堆號稱做得到的騙子。

6 人生，也需要重版出來

《重版出來！》是我最近很喜歡的日劇，這部作品，很常被拿來和韓國漫畫家尹胎鎬的作品《未生》（按：於二〇一四年改編成韓劇）比較。

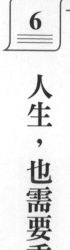

在《重版出來！》中，從來不需要找工作的女主角黑澤心，本來是女子柔道選手，突然成為《週刊Vibes》的漫畫編輯後，就進入了上班族的世界。一開始的設定，跟《未生》很像，什麼都不懂、空有熱情的主角，在熟悉業務的過程中成長的歷程也很類似。

《重版出來！》的「重版」，指的是第一次印刷的書都銷售一空後，印刷第二批書籍的意思。我們來想想看，要印刷第二批書籍究竟有多難，難到會放在電視劇名之中？一刷的數量，在韓國曾經一度高達三千本，但聽說最近都降到了兩千本，這也可以看出，會讀書的人確實在減少，想要賣書變得更加困難。當然，手機技術發展也是原因之一，大家都更習慣看手機了。

根據二〇一七年大韓出版文化協會統計顯示，當年共發行五萬九千七百二十四本新書，新書印量總計八千三百六十五萬本。據說，有四〇%的韓國成年人，一年內不會讀任何一本書，而實際上有在讀書的人，一年讀書量平均是八本（按：據《聯合報》調查顯示，有超過四〇%的臺灣人，於二〇一八年沒有閱讀任何紙本書籍）。所以，若單純用統計數字來看，要超過七千五百分之一的機率，才有可能被讀者帶走。就算好不容易有人決定拿起它，也不一定會真的購入；就算賣了一本，也不能保證會有其他人跟著買。

因為整體環境如此，所以，能把兩千本都賣光、成功「重版出來」，那是多了不起的事啊！那代表至少有兩千名的付費讀者，光是這點就很令人感動。

很多準作家誤以為只要出書，就會立刻銷售一空，天真的以為，作者自己買一點、也請自己的親朋好友購買，就可以賣光了，但我想應該很難。看在面子上買的人，效用仍很有限，而且如此販賣，就很難遇到真正的讀者。

也有準作家說，就算賣不掉也沒關係。可是，出版社可不會這樣想，他們如果沒有事前想過「這本書能夠賣出多少本」，就不可能出書。在資本主義的社會裡，賣不掉的書，就只是令人頭痛的庫存。

很哀傷的是，就算兩千本都賣光了，作者也幾乎不會有經濟上的收益。通常簽約出版時，會用預支版稅的概念先拿到簽約金，但那筆錢很可能就是你的全部收入。預支版稅大概在一百萬韓元（按：約新臺幣兩萬一千元）左右，但是，這些錢是在預期會有一百萬版稅的情況下，「先」給你的。

假設版稅是定價的一〇％，每賣出一本一萬五千韓元的書，作者會有一千五百韓元的收入。大概算一下，至少要賣出六百六十七本書，才會有版稅。所以想要靠書成為億萬富翁，打從一開始就不可能。

當然，也有不小心擊出全壘打的情況，過去也曾經出現過奇蹟似的大逆轉。前面提到的前青瓦臺演講稿寫手姜元國，他的第一本書《總統的寫作》，截至二〇一九年，總共再版一百九十五次，是超級暢銷的作品。這個紀錄實在高得嚇人，我自己也買了好幾本送給別人，甚至還拿到了作者的親筆簽名。

我在這邊把「寫書都很難了，就算寫了也賣不出去」的殘酷真相告訴大家，心情也不太好。就算把第一刷的兩千本都賣光了，我也只能告訴各位，到手的利潤不過三百萬韓元（按：約新臺幣六萬三千元），真是不好意思。既然如此，為什麼還要寫書呢？

必須寫文章、出書的理由，如果一一列舉出來，搞不好比世界人口數還多。可能是為了賺更多錢、變得更有名、讓自己看起來更厲害、住在更好的房子裡、爬上更高的位子……。

我認為，寫作和寫書的真正理由，比前面那些原因都要重要。我們寫作，是為了成為比昨天更好的人、為了回顧羞恥的自我、為了向世界展現我是個怎麼樣的人。

各位是因為什麼原因，而想要提筆寫作呢？我可以確定的是，寫作之後，模糊的人生將會變得鮮明；寫書之後，零散的人生將會變得更踏實。我們身為上班族，必須寫書的原因，就在這裡了。

後記

沒有人不想寫作，只是不知道該怎麼做

辦公室裡有一些人，常用開玩笑的口吻稱我為「鄭作家」。聽到這個稱呼，我會臉紅，不知如何是好的說：「唉唷，幹麼這個樣子。」然而，心裡還是偷偷想著：「對啊，我是作家呀！得趕快寫些東西了。」

在我聽來，稱呼我為「鄭作家」，不僅發音聽起來比我的公司職稱「鄭次長」（按：韓文發音同停車場）要好聽得多，而且這個稱呼，讓人一聽就感到開心。有時我也會拜託在公司外認識的人這麼稱呼我。

我希望公司裡，能出現越來越多認為自己是作家、且認真持續寫作的人。像是祕書室的金作家、會計組的李作家、業務組的朴作家、企劃組的崔作家、行銷組的尹作家……，我想遇見更多在職場上完成自己的任務，並懂得在其中汲取自己故事的月薪作家。

如果有些事，是我能為這些人做的，我一定義不容辭，所以，抱著這樣的心態和期望，我將僅有的經驗和知識，寫進這本小小的書中。

但很哀傷的是，這本書真正能做到的改變其實很少。就算讀了好幾本超經典的寫作書籍或教材，只要平常沒在寫作，文章就不會突然變得有趣，也不會煥然一新。

就好比說，不是看了幾十本瘦身書籍，就能輕鬆減重；把食譜讀得滾瓜爛熟，也不代表就能煮得一手好菜。最重要的是親自實踐，我們不能滿足於閱讀操作手冊、聽取他人經驗。想要寫出好文章，自己就要多多寫作。

據我所知，韓國沒有一個上班族不想寫作，只是他們都不懂該怎麼做，所以沒辦法鼓起勇氣實行。但慶幸的是，如果你把這本將進九萬字的書讀完了，那就代表你擁有專注力和意志力。

無論你是誰，你肯定已經準備好下筆寫出自己的文章了！我只剩下一句話，要給這樣的讀者：「怕什麼！你也寫得出來！」現在，輪到你來寫了。

最後，我要謝謝送上薑母茶和韓國米酒，替我加油的妻子，以及總是撒嬌、要我趕快寫完、一起玩耍的兩個年幼女兒，還有相信我的拙作，並且耐心等我的一千棵樹出版社董事長白廣玉。最後，最感謝的是讀這本書的可愛讀者，你早就已經是某一個領域的作家了，只差還沒動筆寫而已。

參考資料

1. 西格蒙德·佛洛伊德，《夢的解析》，金仁順（김인순）譯，열린책들。
2. 李瑟娥（이슬아），《每當我哭，就變成媽媽的臉》，문학동네。
3. 喬治·歐威爾，《我為何寫作》，李翰中（이한중）譯，한겨레출판。
4. 金愛爛，《噗通噗通我的人生》，창비。
5. 金薰，《煮泡麵》，문학동네。
6. 金英夏，《說》，문학동네。
7. 保羅·奧斯特，《失意錄》，金碩熙（김석희）譯，열린책들。
8. 娜妲莉·高柏，《寫到骨子裡吧》，權真旭（권진욱）譯，한문화。
（按：繁體中文版：《心靈寫作》，心靈工坊出版）
9. 卡米利恩·霍伊，《回絕小說的辦法》，崔正秀（최정수）譯，톨。
10. 咸錫憲，《水平線的那頭》，한길사。
11. 奧罕·帕慕克，《父親的手提箱》，金允真（김윤진）等人譯，문학동네。

12. 奧田英朗，《我們家的問題》，金蘭朱（김난주）譯，재인。
13. 柳時敏，《柳時敏的寫作講座》，생각의길。
14. 李東真（이동진），《李東真的閱讀方式》，위즈덤하우스。
15. 村上春樹，《身為職業小說家》，楊允玉（양윤옥）譯，현대문학。
（按：繁體中文版：《身為職業小說家》，時報出版）
16. 金衍洙，《若海浪是海的事情》，문학동네。
（按：繁體中文版：《海浪本為海》，暖暖書屋出版）
17. 張康明，《漂白》，한겨레출판。
18. 林載春（임재춘），《韓國的理工生害怕寫作》，북코리아。
19. 韓江，《白 White book》，문학동네。
（按：繁體中文版：《白》，漫遊者文化出版）
20. 林洪澤（임홍택），《八年級生來了》，웨일북。
21. 威廉·賽法爾，《耳朵借給我》，W. W. Norton & Company。
22. 康俊晚，〈「小確幸」是改革的種子〉，二〇一八年七月二日。《韓民族日報》。
23. 康俊晚，〈進步的框架需要改變〉，二〇一九年十一月十一日。《韓民族日報》。
24. 金英敏，〈反問中秋節是什麼吧！〉，二〇一八年九月二十一日。《京鄉新聞》。
25. 朴亨載（박형재），〈與事實不符的報導，報紙更正了多少〉，二〇一八年十二月六日。《The PR》。

國家圖書館出版品預行編目（CIP）資料

寫作，最強的商業武器：集團經營者御用寫手親自示範，寫出能讓你升職、加薪、被挖角，不被退件、一次過關的商用文章。／鄭泰日著；郭佳樺譯. -- 初版. -- 臺北市：大是文化有限公司，2022.04
288面；14.8 × 21公分. --（Biz；388）
譯自：회사에서 글을 씁니다
ISBN 978-626-7041-80-2（平裝）

1. 寫作法

811.1 110020975

Biz 388

寫作，最強的商業武器

集團經營者御用寫手親自示範，寫出能讓你升職、加薪、被挖角，不被退件、一次過關的商用文章。

作　　者／鄭泰日
譯　　者／郭佳樺
責任編輯／李芊芊
校對編輯／黃凱琪
美術編輯／林彥君
副總編輯／顏惠君
總 編 輯／吳依瑋
發 行 人／徐仲秋
會計助理／李秀娟
會　　計／許鳳雪
版權經理／郝麗珍
行銷企劃／徐千晴
業務助理／李秀蕙
業務專員／馬絮盈、留婉茹
業務經理／林裕安
總 經 理／陳絜吾

出 版 者／大是文化有限公司
臺北市 100 衡陽路 7 號 8 樓
編輯部電話：（02）23757911
購書相關諮詢請洽：（02）23757911 分機 122
24小時讀者服務傳真：（02）23756999
讀者服務E-mail：haom@ms28.hinet.net
郵政劃撥帳號／19983366　戶名／大是文化有限公司

法律顧問／永然聯合法律事務所
香港發行／豐達出版發行有限公司 Rich Publishing & Distribution Ltd
地址：香港柴灣永泰道 70 號柴灣工業城第 2 期 1805 室
Unit 1805, Ph.2, Chai Wan Ind City, 70 Wing Tai Rd, Chai Wan, Hong Kong
電話：21726513　傳真：21724355
E-mail：cary@subseasy.com.hk

封面設計／高郁雯
內頁排版／江慧雯
印　　刷／緯峰印刷股份有限公司

出版日期／2022年4月初版
定　　價／新臺幣390元（缺頁或裝訂錯誤的書，請寄回更換）
I S B N／978-626-7041-80-2
電子書ISBN／9786267123058（PDF）
9786267123041（EPUB）